寻找桃花源

XUNZHAO
TAOHUAYUAN

中国重要农业文化遗产地之旅丛书

枣韵千年

苑利◎主编

孙庆忠◎著

北京出版集团公司

北京美术摄影出版社

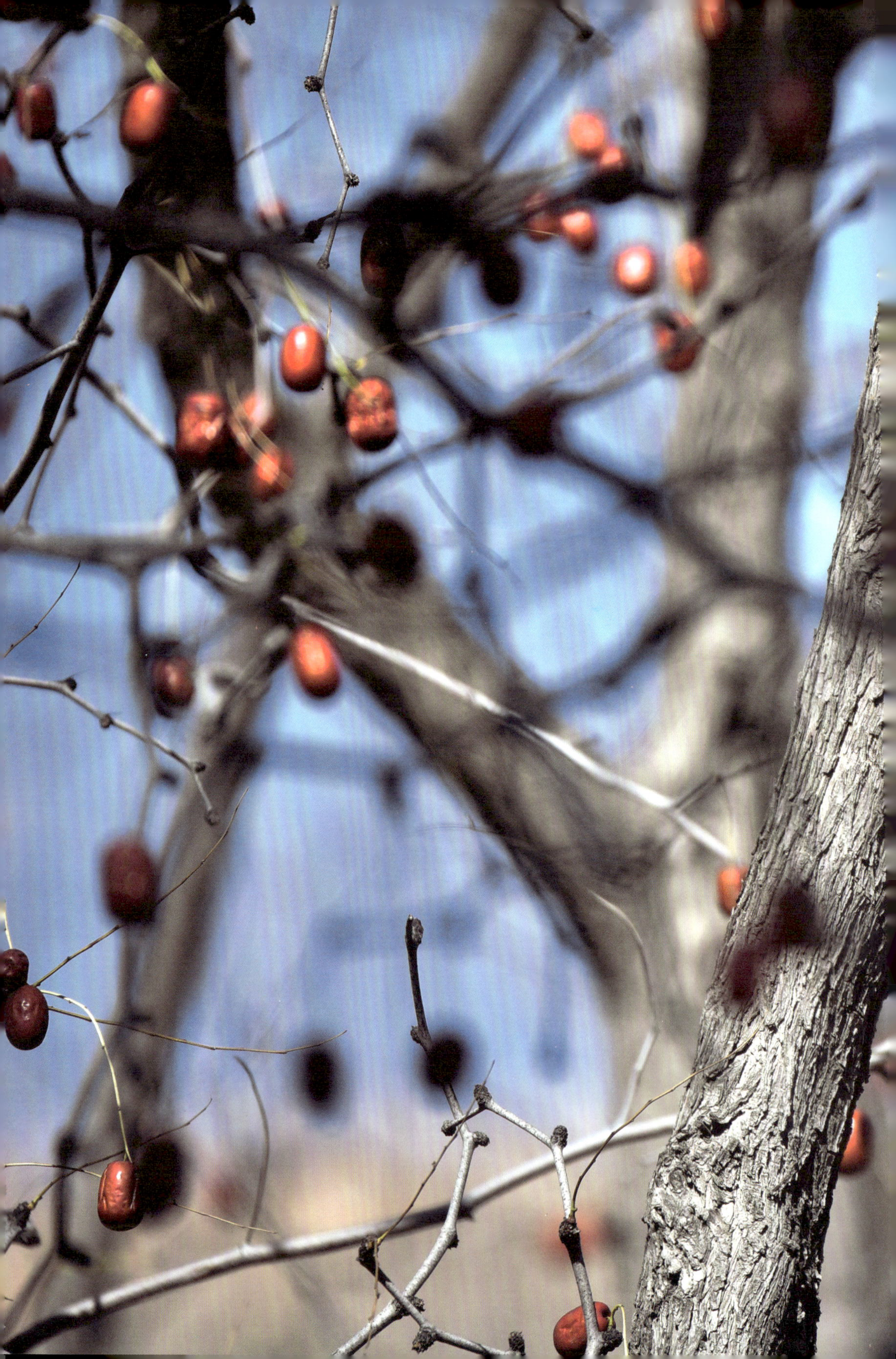

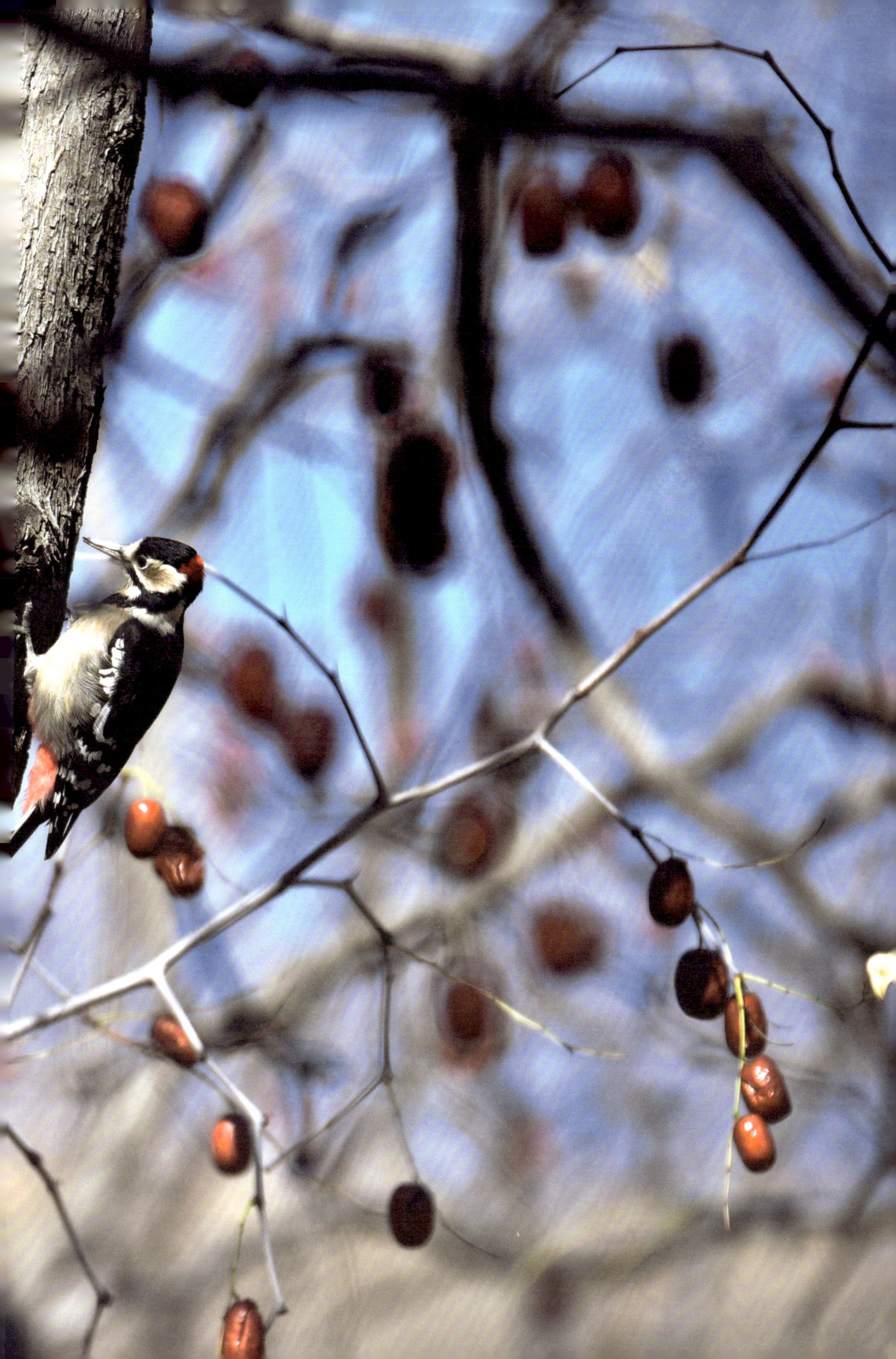

图书在版编目（CIP）数据

枣韵千年 / 孙庆忠著. — 北京 ：北京美术摄影出版社，2019.10
（寻找桃花源 ：中国重要农业文化遗产地之旅丛书 / 苑利主编）
ISBN 978-7-5592-0288-8

Ⅰ．①枣… Ⅱ．①孙… Ⅲ．①故事—作品集—中国—当代 Ⅳ．①I247.81

中国版本图书馆CIP数据核字(2019)第184177号

总 策 划：李清霞
责任编辑：董维东
执行编辑：侯林英
责任印制：彭军芳

寻找桃花源　中国重要农业文化遗产地之旅丛书

枣韵千年

ZAO YUN QIAN NIAN

苑　利　主编

孙庆忠　著

出　版　北京出版集团公司
　　　　北京美术摄影出版社
地　址　北京北三环中路6号
邮　编　100120
网　址　www.bph.com.cn
总发行　北京出版集团公司
发　行　京版北美（北京）文化艺术传媒有限公司
经　销　新华书店
印　刷　天津联城印刷有限公司
版印次　2019年10月第1版第1次印刷
开　本　787毫米×1092毫米　1/16
印　张　16
字　数　190千字
书　号　ISBN 978-7-5592-0288-8
定　价　88.00元

如有印装质量问题，由本社负责调换
质量监督电话　010-58572393

目 录
CONTENTS

如果有人问我，在浩瀚的书海中，哪部作品对我的影响最大，我的答案一定是《桃花源记》。但真正的桃花源又在哪里？没人说得清。但即使如此，每次下乡，每遇美景，我都会情不自禁地问自己，这里是否就是陶翁笔下的桃花源呢？说实话，桃花源真的与我如影随形了大半生。

说来应该是幸运，自从2005年我开始从事农业文化遗产研究后，深入乡野便成了我生命中的一部分。而各遗产地的美景——无论是红河的梯田、兴化的垛田、普洱的茶山，还是佳县的古枣园，无一不惊艳到我和同人。当然，令我们吃惊的不仅仅是这些地方的美景，也包括这些地方传奇的历史、奇特的风俗，还有那些不可思议的传统农耕智慧与经验。每每这时，我就特别想用笔把它们记录下来，让朋友告诉朋友，让大家告诉大家。

机会来了。2012年，中国著名农学家曹幸穗先生找到我，说即将上任的滕久明理事长，希望我能加入到中国农业历史学会这个团队中来，帮助学会做好农业文化遗产的宣传普及工作。而我想到的第一套方案，便是主编一套名唤"寻找桃花源：中国重要农业文化遗产地之旅丛书"的书，把中国的农业文化遗产介绍给更多的人，因为那个时候，了解农业文化遗产的人并不多。我把我的想法告诉了中国重要农业文化遗产保护工作的领路人李文华院士，没想到这件事得到了李院士的积极回应，只是他的助手闵庆文先生还是有些担心——"我正编一套丛书，我们会不会重复啊？"我笑了。我坚信文科生与理科生是生活在两个世界里的"动物"，让我们拿出一样的东西，恐怕比登天还难。

其实，这套丛书我已经构思许久。我想我主编的应该是这样一套书——拿到手，会让人爱不释手；读起来，会让人赏心悦目；掩卷后，会令人回味无穷。那么，怎样才能达到这个效果呢？按我的设计，这套丛书在体例上应该是典型的田野手记体。我要求我的每一位作者，都要以背包客的身份，深入乡间，走进田野，通过他们的所见、所闻、所感，把一个个湮没在岁月之下的历史人物钩沉出来，将一个个生动有趣的乡村生活片段记录下来，将一个个传统农耕生产知识书写下来。同时，为了尽可能地使读者如身临其境，增强代入感，突显田野手记体的特色，我要求作者们的叙述语言尽可能地接地气，保留当地农民的叙述方式，不避讳俗语和口头语的语言特色。当然，作为行家，我们还会要求作者们通过他们擅长的考证，从一个个看似貌不惊人的历史片段、农耕经验中，将一个个的大道理挖掘出来。这时你也许会惊呼，那些脸上长满皱纹的农民老伯在田地里的一个什么随便的举动，居然会有那么高深的大道理……

有人也许会说，您说的农业文化遗产不就是面朝黄土背朝天的传统农耕生产方式吗？在机械化已经取代人力的今天，去保护那些落后的农业文化遗产到底意义何在？在这里我想明确地告诉大家，保护农业文化遗产，并不是保护"落后"，而是保护近万年来中国农民所创造并积累下来的各种优秀的农耕文明。挖掘、保护、传承、利用这些农业文化遗产，不仅可以使我们更加深入地了解我们祖先的农耕智慧与农耕经验，同时，还可以利用这些传统的智慧与经验，补现代农业之短，从而确保中国当代农业的可持续发展。这正是中国农业历史学会、中国重要农业文化遗产专家委员会极力推荐，北京出版集团倾情奉献出版这套丛书的真正原因。

苑 利

2018年7月1日于北京

🌰……

　　陕西省榆林市佳县的东北部，有一个被群山环抱的古村落——泥河沟。2014年4月，这里的36亩[1]古枣园被联合国粮食及农业组织（以下简称"联合国粮农组织"）列入全球重要农业文化遗产。同年11月，这个偏僻的山村又被纳入中国传统村落保护名录。这些接踵而至的名号，令曾经无闻的村落声名鹊起，也使村民燃起了重拾旧事的热情。

　　三面环山、面朝黄河的泥河沟村，掩映于千年枣园的深处。独特的自然景观、传承久远的村落形貌，使这里尽显依山傍水之灵秀。每当旭日东升，河面波光粼粼，氤氲的水汽便会弥漫山谷。每逢黄昏将近，群山洒满晚霞，窑洞的炊烟又会随风升腾。如是这般的日出日落，记录着乡村时间的刻度，承载着村落的岁月流年。古朴静谧的村庄就这样在金狮山和银象山的守护下，恰似神仙居所，宛如世外桃源。

　　全球重要农业文化遗产是联合国粮农组织在2002年发起的一项大型国际计划，它的核心目的是应对粮食安全问题，在保护生物多样性和文化多样性的前提下，促进区域可持续发展和提高农民生活水平。2005年，我国浙江青田稻鱼共生系统被联合国粮农组织、联合国开发计划署和全球环境基金列为保护试点。10多年后的今天，农业文化遗产保护已经成为联合国粮农组织的一项常规工作。截止到2018年4月19日，全球20个国家的50个传统农业系统被列入全球重要农业文化遗产名录，"陕西佳县古枣园"位列其中。中国农业部高度重视这项保护工作，从2013年开始，连续评审了4批91项中国重要农业文化遗产，其中有15项是全球重要农业文化遗产，数量位居世界首位。

　　农业文化遗产最显著的特点是它与人们的生产、生活融为一体。因此，在强调自然生态系统保护的同时，以村落为中心的社会文化系统更是保护的重中之重。佳县古枣园是泥河沟村民在适应自然环境的过程中，创造出的人与枣林和谐共生的文化系统，是生物多样性和文化多样性保护的天然基地。然而，与中国绝大部分村庄的处境一样，这里的自然景观并未转换成村庄发展的资源，祖辈相承的乡土知识无力发挥其延续文化根脉的作用。2014年6月，中国农业大学农业文化遗产研究团队驻泥河沟调研之初，村民不知农业文化遗产为何物，更不解外来者为何要追问村子里的陈年旧事，尽管2013年这里已经被列入中国重要农业文化遗产地。尤其令我们伤感的是，作为村落记忆的载体，老人们的相继谢世，意味着他们熟知的村史连同那些鲜活的生命体验都将付诸东流，这也是农业文化遗产濒危性最直观的体现。因此，与村民共同找回村落记忆，继而使其参与保护行动，最终成为农业文化的守望者、传承者，既是我们调研工作的起点，也是遗产保护的终极目标。

在泥河沟这个古枣园近旁的村落里，有壮美的山川河流，也有湾塌坡峁梁构成的地形地貌；有灵秀的祖先居所沙塌湾、卧虎湾，也有古朴的窑洞人家"绣楼院""世其昌"；有承载学堂往事的十一孔窑和开章小学，也有"野壑藏秀古寺闻涛"的佛堂寺；有清雍正、道光年间重修的龙王庙和河神庙，也有祛病除瘟的打醮仪式。这些重要的标志，正是陕北村落的自然禀赋和文化特质。我们曾经以为这是一个没有文字记载、文化贫瘠的村落，但是当我们走入村民的生活之后发现，乡村文化不仅浸润在枣林中、泥土里，珍藏在老百姓的柜子里，还散落在他们的记忆中。在走访中，我们发现了20世纪40年代和七八十年代的老照片，看到了年代久远的器物和文书。村庄的历史因为这些图像变得亲和，往事因为这些文书变得不再陌生。它们是唤醒记忆的凭借，也是把今天和昨天连接起来的桥梁。正是在收集老照片、老物件的过程中，村庄的尘封往事渐次从幕后走到了台前。武岳林

（1944年生）珍藏着祖上清嘉庆十五年（1810年）的地契、咸丰九年（1859年）的出租地账、同治元年（1862年）的赁窑老账、1912年的迎婚礼账；王春英（1943年生）保存着传了三代的木箱，那是外婆给母亲的陪嫁，也是自己出嫁时母亲所赠的妆奁；武买保（1955年生）收藏着咸丰年间祖上做法事记录的丧表，以及祖父在万镇开字号的印章"德和功"。当古稀老人捧起他母亲用毛笔书写的日记时，当耄耋老人告知照片上的年轻人是他的高堂时，当七旬老人重新拿起祖辈用过的马镫和军刀，重新抬出代表家族荣耀的匾额"序宾以贤"时，他们无以言表的神情，好像又回到了童年。这些并未如烟的往事，是对祖先的追念，也是村庄的"无字史书"。当我们把这些带着情感的物件重新翻拍的时候，我们不仅存留了一段又一段家庭的历史，也重温了一份温暖的生活记忆。历史就在恍惚之间，宛如昨天。

　　农业文化遗产蕴含着丰富的农耕智慧，深具促进乡村发展的潜质。作为一种特殊的遗产类型，它不只是对传统的刻意存留，还必须考虑到农业生态系统中农民生活水平的提高和生活质量的改善。因此，农业文化遗产保护是对农业特性、乡村价值的再评估，是对人类未来生存和发展机会的战略性保护，其终极指向是现代化背景下的乡村建设。那么，如何以此为契机，为凋敝的乡村注入活力？最为根本的前提是复育乡土文化，让农民重新发现家乡之美。为了提升村民自我组织和自我建设的能力，2016年7

月15日至21日，我们协调地方政府等多方力量，协助村民举办了"佳县古枣园文化节"活动。在这个盛大的村社节日里，"泥河沟大讲堂"与村民自编自演的"全球重要农业文化遗产暨中国传统村落2周年庆典"节目，全面展现了乡土文化的力量。这是继2014年7月7日"缘系泥河沟，共叙枣乡情"和2015年7月16日"万里黄河水，千年古枣园"之后，以"乡思"为主旋律的又一次村民集体联欢。这是寂寞山村里的片刻喧嚣，也是燃起村民走出贫困生活的点点希望。这一个又一个不眠之夜，不仅唤醒了村民的家乡情感，还使农业文化遗产的保护意识深入人心。

我们所做的工作，表面上是在探寻一个又一个"枣缘社会"的故事，实际上唤醒的是那些早已悬搁的村落记忆。在我们看来，村落和生命个体一样，都活在记忆里，一旦失忆了，就会不知自己从何而来，更不知迈向何处。我们的记录把村庄的历史与当下连接在了一起，村民的日常生活展现的是陕北的地域风情，他们追忆的往事正是汇聚本土知识的宝库。通过这种参与式的行动，淳朴的村民不再是遗产保护的旁观者，而是自身文化的守护者。那些曾经被遗忘的往事，转化成了把人、把情、把根留住的集体记忆。这种"社区感"的回归，正是村落凝聚和乡村发展的内生性动力。

回首我们的村落保护实践，最可喜的变化是，村民开始珍爱古枣园及其近旁破旧的村落。他们知晓了全球重要农业文化遗产，萌生了修葺小戏楼的愿望。那些曾经废弃的老物件被想起，落满灰尘的牌匾被拂拭；被淡忘的地名"裤裆湾""小嘴峁"成为"人市儿"上谈论的热点，风水宝地卧虎湾的故事再度被演绎。在我们团队四度驻村调研的日子里，村民的生命叙事与村庄的历史形态就这样慢慢呈现了。更为可贵的是，村委会协助组织了老年人协会，村庄平淡的生活因此增添了许多新的内容。傍晚时分的锣鼓秧歌，让沉寂多年的山村格外红火；共食一锅里的饸饹，让久违的乡情更显浓烈。在外打拼的年轻人也因"爱枣协会"的微信群而集结在一起，共同寻找红枣出路，谋划家乡发展。

大枣是泥河沟的生计来源，但如果仅凭此项靠天吃饭的微薄收入，村民的生活不可能得到根本的改观，乡村建设的构想也只能在扶贫的视域内徘徊。那么，泥河沟要有怎样的形貌才能令人驻足忘返？要有怎样的文化气质才能传递出乡愁的理念？又将凭借怎样的产业迈向小康之路？我们可以设想，作为农业文化遗产地，它的民居依旧是古朴的窑洞，却不乏城市生活的便捷；在它的生活环境里，无处不在的是传统，却又洋溢着现代气息；它不是喧闹的观光休闲之所，而是人们体味乡村气息、享受慢生活的度假胜地。只有这样，此类标志性的村落才能与全球重要农业文化遗产的名号相符。一旦这个古老的村落具备了这样的形制，村民也便拥有了可持续的生计之源。因此，借全球重要农业文化遗产之东风，拓展古枣园的社会与文化功能，为乡村留住宁静安适的生活形态，为城市人口独辟"怀旧"的栖身之所，既是泥河沟当下行进的方向，也是未来发展的契机。

作为一种情感的学问和实践，保护农业文化遗产表面上是保存传统农业的智慧，保留和城市文化相对应的乡土文明，而其更为深远的意义则在于留住现在与过往生活之间的联系，也可以说是营造我们共同的"精神故乡"。

孙庆忠

2018年8月于北京

注释

[1]   1亩约等于666.67平方米。

🦋 湾塌坡峁梁里的生灵聚落 01

这些如象形文字般的地名，是乡民对空间的具象描述，也是他们思维方式的纯情表达。对于我们来说，这里列举的也许仅仅是一个又一个地名，但在村民的头脑中，每一个地方都是鲜活灵动的。因为那里有他们过往的生活，也有一直在流淌的汗水和泪水……

陕西佳县地处黄河中段晋陕峡谷西岸，高低错落的山峦，纵横交错的沟壑和川道，形成了这里湾、塌、坡、峁、梁交融汇聚的地形景观。其地貌特征可以简约勾勒为水流弯曲处是"湾"，河水蜿蜒曲折处沙土沉积的土地是"塌"，山体倾斜的部分称"坡"，浑圆的山顶宛如"山的帽子"为"峁"，两坡相遇、两峁之间形成的脊状地貌就是"梁"。这片苦瘠而神奇的土地，却是"枣之故土故乡"。这里有3000多年的枣树栽培历史，从野生型酸枣、半栽培型酸枣到栽培型酸枣，包括3个酸枣品种群共16个地方品种，以及13个枣的品种群共35个地方品种，种质资源极为丰富。其境内的朱家坬镇泥河沟村保留着栽培历史最长、面积最大、品质最好的原始枣林。在这片被称为枣树"活化石"的古枣园里，共生有各龄枣树1100多株，其中干周在3米以上的古枣树有3株、2米以上的有30株，最大一株干周为3.41米，已有1300多年的历史。

在十年九旱的佳县，灾害频发、粮食歉收是稀松平常之事。在这种情况下，红枣为当地居民提供了木本粮食，因此，红枣一直是百姓的"救命粮"，枣树也就成了"铁杆庄稼"和"保命树"。当地人把红枣视为"命根子"，精心呵护枣园枣树，世世代代与枣结下了不解之缘。2006年，在佳县人民政府的支持下，古枣园的核心区域竖起了一座雕刻精致的石碑。碑中央雕刻着时任榆林市委书记周一波题写的"枣源"二字，两侧是一副对联"心血用在百姓上，身体融入万木中"，以此讴歌枣树无私奉献的精神和低调朴实的品格，同时也向世人宣告：这里就是红枣的发源地。石碑的背面是榆林市文联陈继春于是年9月6日撰写的"千年枣林碑记"，为枣立言。

与古枣园相伴的车会沟源于刘国具乡大舍窠村，在泥河沟村口处与黄河相连，全长25.3千米，流域面积148.03平方千米。它连接着村庄内外的景观与风物，是沿途动植物赖以生存的水源。近几年，自然观察者

灰喜鹊（康宁摄）

在这个生态系统中，共鉴定出野生动植物103种，其中植物27种、昆虫33种、鱼类3种、两栖类2种、爬行类2种、鸟类34种、兽类2种。这些本地物种属于典型古北区系，颇具黄土高原特色。然而，天蓝灰蜻、条斑赤蜻、黄基赤蜻和狭边青步甲4个陕西省级新记录物种的发现，以及蓝额红尾鸲在陕北繁殖地的新记录，体现了本地环境及物种在黄土高原范围内的特殊属性。这里的石鸡密度之高、分布之广，在全国独一无二，

蓝翡翠（康宁摄）

生物多样性之特质可见一斑。

　　在这片大自然赐予的山岭中，与野生动植物共生的是"虚怀素志，亮节高风"的"植物之平民"，是"倾全身利人"的枣树。在植被稀疏的黄土高原，在黄河沿岸的坡地上，枣林在防风固沙、水土保持、涵养水源等方面具有不可替代的作用，具有重要的生态功能。同时，因枣树的枝叶并不遮天蔽日，透光性强，树底通风好，所以枣树能够为其他植物创造良好的生长条件，适宜作物间作。通常在幼树期间，枣树下种植的农作物有土豆、黄豆、谷子、绿豆、红薯等低秆作物。管理6年至7年后，林下多种植各种蔬菜，亦可散养家禽。枣农为菜园浇水时，水分先被蔬菜瓜果吸收，渗入地下后枣树再汲取养分，由此形成了资源充分利用的种植系统。在36亩古枣园内，除了枣树，还生长着花椒、杨树、榆树、臭椿、杏树等林木，它们与在此栖居的各种生物，共同维系了一个内在平衡的群落。由此可见，传承千载的枣树种植历史，以及民众经世累积的枣树栽培与管理技术、作物的抗灾和储存技术，都是当地人本土知识和生存智慧最直接的表达。它们提供了保障当地村民粮食安全、生计安全和社会福祉的物质基础。正是老百姓对于生物多样性的精心呵护，以及在适应自然过程中的文化创造，才有了枣缘社会世代相承的文化形貌。

泥河沟村之灵秀，缘于山环水绕、生灵欢跃的车会沟。从村口的金狮山和银象山逆流而上，车会沟沿途的景观与风物便会尽收眼底。每逢雨季，水量充沛；旱季到来，则干涸断流。从古枣园近旁的戏楼圪洞出发，途经后河上，穿过曹柳圪台，就到了小园子沟。继续前行是大园子沟，两沟对面便是形似鱼状的老鱼坡。拐弯之后，起伏的山包赫然呈现，因其形如葫芦，村里人称此地为"葫芦蛋"。沿途沟峁相连，峰回路转，别有洞天。越过蒿峁和炭窑峁，车会沟的两条径流在小沟门处汇聚。此时登高俯视，径流两岸的山势恰似两根龙须，将山间隆起的虎丘环抱其中。这里便是泥河沟村的风水宝地——卧虎湾，也叫龙须湾。

车会沟夏日山水相依，风光旖旎，冬日山峰突兀，苍凉壮美。相对于异乡来客，这里是陌生的山林。但对当地村民而言，这里既是自然的地理景观，也是人为建构的环境。从黄河滩涂到深沟野墅，一个又一个

车会沟自然景观（侯玉峰摄）

形象化的地名，一片又一片布满山间的枣树，见证了一辈又一辈乡民对这片土地炽热的情感。在他们的生活世界里，这连绵的湾、塌、坡、峁都有归属，这相续的沟、渠、坪、梁都是自家的庭院。不仅如此，这里还有很多风物传说，为这里的一草一木、一潭一石增加了几分神秘的色彩。不论是距离泥河沟20里[1]的一步塌的那株芦草，还是村民信手拈来的金马驹的传说，都表达了人们对这片山林的美好想象。

除此之外，走进村庄后，一个又一个地名定会令你驻足思量。如果你对象形文字略有了解，那么一定会惊叹这里繁多的"象形地名"了。2015年7月15日，我和学生驻村调研期间，在昔日开章小学外楼梯的下面，偶然间看到一张缺门短腿的柜式办公桌，这是马上要被清理的废弃之物。庆幸的是，它走入了我的视野，否则千头万绪的村庄往事就会永远成为没有任何依据的回忆了。在这杂乱的废纸堆中，竟然还有一卷1949年10月13日的逐户土登册和一卷1958年新地各等级相同的土地汇总草表。这一发现令我们激动不已！正是依据这些片段性的文字和零星的工分报表，我们核对和修正了2014年7月遍访之后得出的结论。从这一团儿又一团儿的废纸中，我们搜集、整理出140个地名，分别是沙塌湾、龙须湾、卧虎湾、阴湾、前阴湾、后阴湾、石窑湾、黄土湾、杏树湾、四眴湾、裤裆湾、坟耗湾、沙滩湾；沙窑峁、杏李峁、柏树峁、暖泉峁、蒿峁、杜梨树峁、小车峁、杏树峁、寨峁、西山峁、葬峁（祖坟）、上暖泉峁、沙峁、小嘴峁、原蒿峁、孔家峁、烂场峁、王家峁、山峁、炭窑峁、杏李峁、石家峁；庙塌、桑塌、羊路塌、山神塌、槐树塌、鸡儿子塌、石人塌、羊路塌；圪堵塄、山羊塄、中塄、榆树塄、高圪塄；大条、二步条、四步条、六步条、八步条、十二步条、页板条、阳条；沙园子梁、杏树梁、贺家梁、四眉梁、垴坪梁；通秦沟、道道渠、牛圈沟、死汗沟、后沟、强家沟、桥沟、后河、后河上、后河园子；香水塌、坟塌；紫柏崖圪、黄土圪、桃树圪、贺家圪、杏树圪、枣树圪、跑牛圪；大圪塔、上大圪塔、下大圪塔、双圪塔、枣树圪塔、杜梨树圪塔、大山鸡圪坝、孟嘴圪凸、石圪口头、曹柳圪台；李家垴坪、井则坪、高崖坪；园子滩（井子）、后园子滩、园子滩路崖、园子滩湾里、园子滩路岔、园子滩路湾、下河崖、前下河崖、下河崖底；高台川、当川、川里、路壕、路岔、圪港、圪港壕、獾子窝、分家山、老鱼坡、马马石、圪虹、前圪虹；小沟门、黑沟门、鬼门关、葫芦蛋、沙窑洞、甜根子窑、圪针条则、圪针坟、土寨则、寨则上、背则、张荒地、沙湾地、湾崖地；梁背后、沙坪上、寨峁上、石碛上、窑背后园子、垴背后、下峁上、问元上、戏楼圪洞、戏楼前、炉瓷坡。

　　这些地名都与村民的生产生活直接相关，基本涵盖了村落中各种地理形态，而且一个有趣的事实是，在表示方位的词汇中没有东西南北，只有上下前后。遗憾的是，有的地名已经无人知晓了。就拿"裤裆湾"来说，村里的老人都不知地处何处。细致想来，这块曾经的川地一定是早些年前被大水推走了。我们无法追问每一个地名的命名者，因为它们是世代村民的集体创造。这些如象形文字般的地名，是乡民对空间的具象描述，也是他们思维方式的纯情表达。对于我们来说，这里列举的也许仅仅是一个又一个地名，但在村民的头脑中，每一个地方都是鲜活灵动的。因为那里有他们过往的生活，也有一直在流淌的汗水和泪水。

注释

[1]　1里等于500米。

泥河沟村貌（计云摄）

金狮银象守护的风水宝地

02

这里拥有神奇的自然景观和具有浓郁陕北风情的人文之美；这里有红枣的生命周期，有农民的身体记忆，有乡村世界的神圣空间，更有千年枣树带给我们的诗意画卷……

2014年6月，我第一次来到泥河沟村时，全村共有213户806人；常年在村的158人中，有111人年逾花甲，他们是管理900亩耕地和1000亩枣林的主力军。尽管如此，略显破败寂寞的山村，遮掩不住的依旧是源于本色的乡土之美。身处其中，可望群山环绕，登高远眺，黄河近在眼前；走进枣园，树影婆娑，枝头有鸟在鸣叫；走出枣林，恰逢羊群归圈，窑洞间升起袅袅炊烟。这里拥有神奇的自然景观和具有浓郁陕北风情的人文之美；这里有红枣的生命周期，有农民的身体记忆，有乡村世界的神圣空间，更有千年枣树带给我们的诗意画卷。

金狮山和银象山是村东口南北两座相对的山峰：前者居北，远远望去，高高隆起的山头宛如静卧的雄狮，威风凛凛，栩栩如生；后者居南，山势绵延平缓，仿佛大象的长鼻伸向黄河，眉眼如琢，活泼灵动。有关它们的来历，还有这样一段村民耳熟能详的传说。

相传很久以前，泥河沟原名"银河沟"，因为此地埋藏着无数金银财宝。当时此地四面环山，金狮山与银象山连为一体，泥河沟正处于这个封闭的"聚宝盆"里。只有在临黄河一面的山下有一个小洞，车会河从这个小洞流出汇入黄河。由于是大山脚下的一个小洞，很难被人发觉，所以村民们多少代都过着与世隔绝的生活。小洞非常狭小，仅容一条小船通过，村民们站在船上只有猫着腰才能前

泥河沟古院落门口（侯玉峰摄）

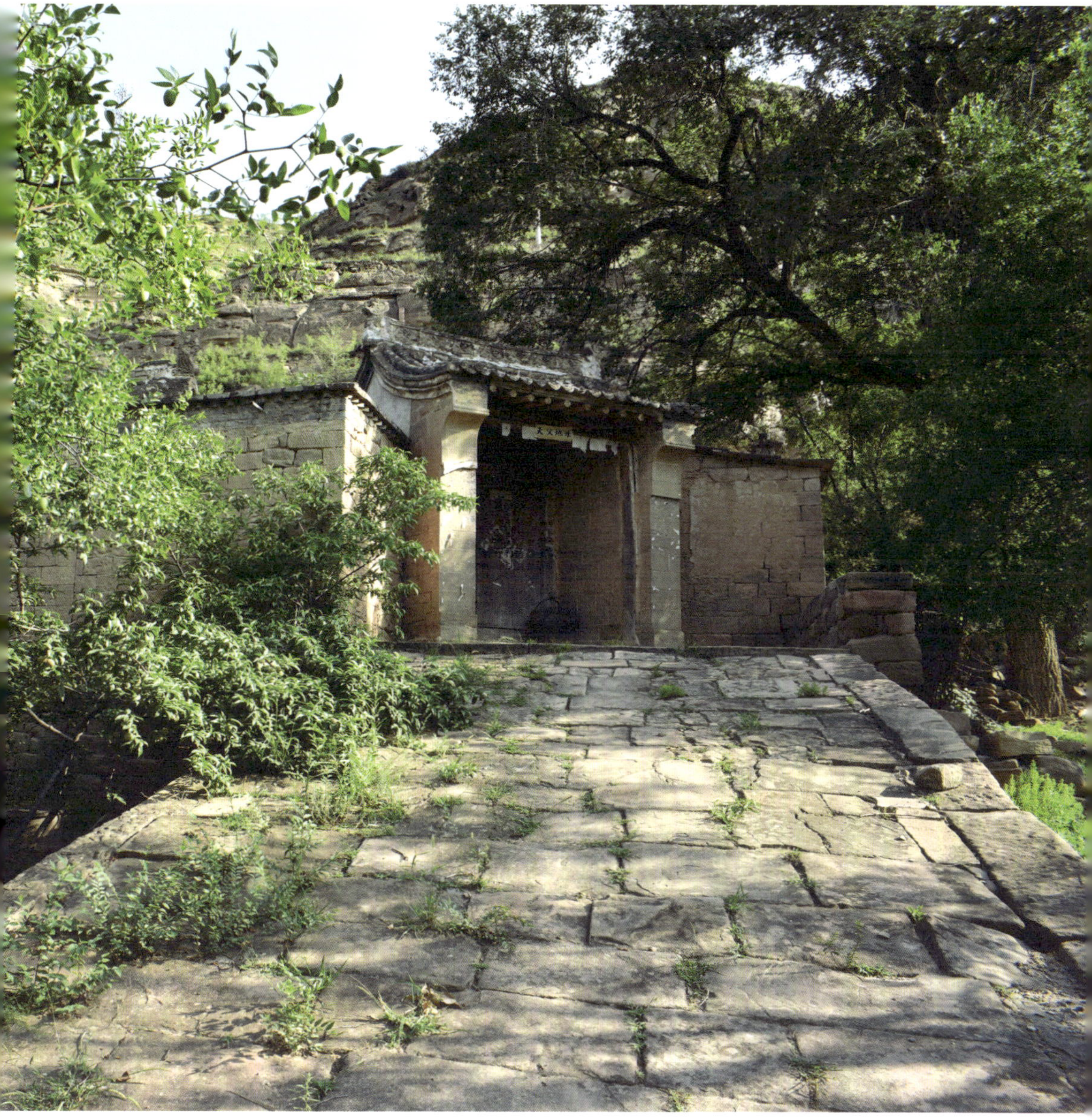

泥河沟古院落一隅（侯玉峰摄）

行。穿过这个小洞，便豁然开朗，漫山遍野的枣林映入眼帘，枣树林立，枣花飘香。后来，一群外乡人发现此地，认为此地有宝，于是在洞外施展巫术，欲将宝物从山中吸出来。但是上天不允，于是老天爷开始打雷下雨，把洞口上的石头炸掉，把洞口弄垮，就地起水。由于山洪暴发，泥浆迸溅，从山中流出来的不是金银财宝，而是乱石泥水，外乡人大失所望，说这哪里是"银河沟"，这是"泥河沟"。山洪过后，临黄河一面，留下巨大的豁口，山体断裂为两截，就这样北边的山成为金狮山，南边的山成为银象山。

当地百姓认为本自天成的金狮山和银象山之所以具备灵性，是与佛教里的两位菩萨以及他们的坐骑有关。据说文殊菩萨的坐骑是虬首仙（青狮），其吼声可以震慑魔怨；普贤菩萨的坐骑是灵牙仙（六牙白象），代表辛勤不倦。泥河沟如此灵秀，是得到了两位菩萨的护佑。

从银象山下，经过漫水桥，古枣园掩映的村落就呈现在眼前了。泥河沟的人居聚落分为10个区域：炉瓷坡（11座宅院）、戏楼圪洞（10座宅院）、寨则上（34座宅院）、湾崖地（13座宅院），这是36亩枣林环抱的核心地带，"绣楼院""五福堂""世其昌"等古院落均藏秀其中，"树德务滋""鹭涛凤彩"等色彩斑驳的门匾，承载了庭院的历史，记录了岁月的沧桑；后河上（19座宅院）、龙王庙（10座宅院）、紫柏崖圪（41座宅院）、曹柳圪台（42座宅院）、石圿口头（14座宅院）、河神庙（5座宅院）是非核心的地带。在这些庭院中间，村落的地标性建筑有：醒目的河神庙、龙王庙和观音庙，坐南朝北的戏楼和供奉"神神"的圪洞，摆九曲黄河阵举办打醮仪式的"九曲坛"，昔日的学校"十一孔窑"和"开章小学"，拦洪蓄水的"闷咕噜"，俯瞰全村的"武开章纪念亭"，以及满载丰收喜悦的"晒枣崖"。

泥河沟是单姓宗族村，除了两户高姓人家，皆为武姓。据村民讲述，村里的高姓人家本是山西临县第八堡人，是武氏第六代祖先的外甥。如今放置在观音庙里铸于清乾隆年间的古钟上，还刻有刘、李、武三姓人的名字，清雍正六年（1728年）重修龙王庙也有他们的参与，可见此时的泥河沟并非单姓，是后来的一场瘟疫使刘、李两家人丁萧条，唯武姓延续至今。

冬日金狮山（侯玉峰摄）

翻阅2014年重修的《武氏家谱》，除了第一代始祖武和、武顺，第十代的武得先、武得业，第十一代的武朝苏、武朝帅、武朝宰、武朝兴、武朝荣以及第二十四代的武润、武淮、武科、武第、武庚，其余的祖先不得而知。在第二十四代的5个兄弟中，老大武润是东庄（即今沙湾村）武氏的祖先，武淮、武科、武第、武庚均定居于泥河沟，分别是石塌上、沙塄、湾里、磕里4个家族的开基祖。武姓的四大家族都有《忆志簿》，记录着各自支脉先人的名字。而今，有记载的最早的石塌上家族第三十四代祖先武亨坐、沙塄家族第三十二代祖先武建猷、湾里家族两个主要支系的祖先第三十四代武亨儒和第三十八代武学勤，以及磕里家族第三十三代祖先武仕元，分别长眠于沙塌湾、沙园子梁、石坬口头和寨峁的祖坟地。每逢清明时节，他们的子孙便会如期祭拜，感念祖先的恩德。

卧虎湾不仅拥有自然奇观，更因其第四十一代子孙武开章而备受关注。他在中国共产党成立初期，创立和领导了神府革命根据地，中华人民共和国成立后曾担任中共山东省委书记。卧虎湾被群山环抱，"卧虎"的头部微微抬起，张开的大嘴和清晰可辨的耳目都是天然的坚石，"虎身"为土山隆起，"虎尾"则收于腹侧。

沙塄家族的卧虎湾原是湾里家族武九令的地产，后来成为沙塄家族的祖莹地。这段往事村里好像尽人皆知。

武九令是清咸丰二年（1852年）壬子科文举人，曾任韩城教谕。这位村里唯一的举人去世后，他的儿子赌博、抽大烟，不学无术，挥霍家产，其结果是家道衰落。据说举人老爷活着的时候，就拿他的这位逆子没有办法。老子说东，他偏向西。因此，武九令临终前嘱咐儿子，一定不要把自己的尸首埋在"虎"的脊背上。可令他没有想到的是，一辈子不听话的儿子这次竟然遵从了他的遗嘱，没有把他埋在"虎背"上，而是将他埋在了"虎爪"下。村民传言，他的儿子很懊悔一辈子没有听父亲的话，于是就把父亲临终前的嘱托信以为真地执行了。此时，沙塄武佩环家族自第三十八代武殿罡传至第四十代武作桢已是三代单传，虽家境殷实，但香火不旺。于是武作桢（武开章的父亲）便从乌镇请来远近闻名的风水先生李有发，请他在方圆20里内挑选一块宝地作为武家坟地。这位风水先生在川道沟壑中一连看了两三天也没有结果。当一行人从白家墕返回，路过龙须湾时，他坐在山梁上休息，不经意间低头一望，发现了卧虎湾这块宝地！于是武作桢就跟武九令的儿子商量，用其他地方的11亩土地、烟土，以及银圆等作为交换，并最终得到了卧虎湾。

武开章的侄孙武岳林告诉我，李有发在看好这块地之后曾说："先得人后得地，先生人后得地。你们必须埋够三代，埋多了，虎头支撑不住，埋少了，压不住。不能埋到虎尾巴上，虽然你是武秀才，骑马射箭，但骑老虎不行，压不住。"这里的"地"指的就是卧虎湾，"人"指的是武作桢的三儿子武开章。村民们认为风水先生的话应验了。因为武开章一生育有七儿四女，可谓家门旺盛。1986年武开章病逝后，和他的父亲、两个哥哥一起，埋在了卧虎湾的虎背上。

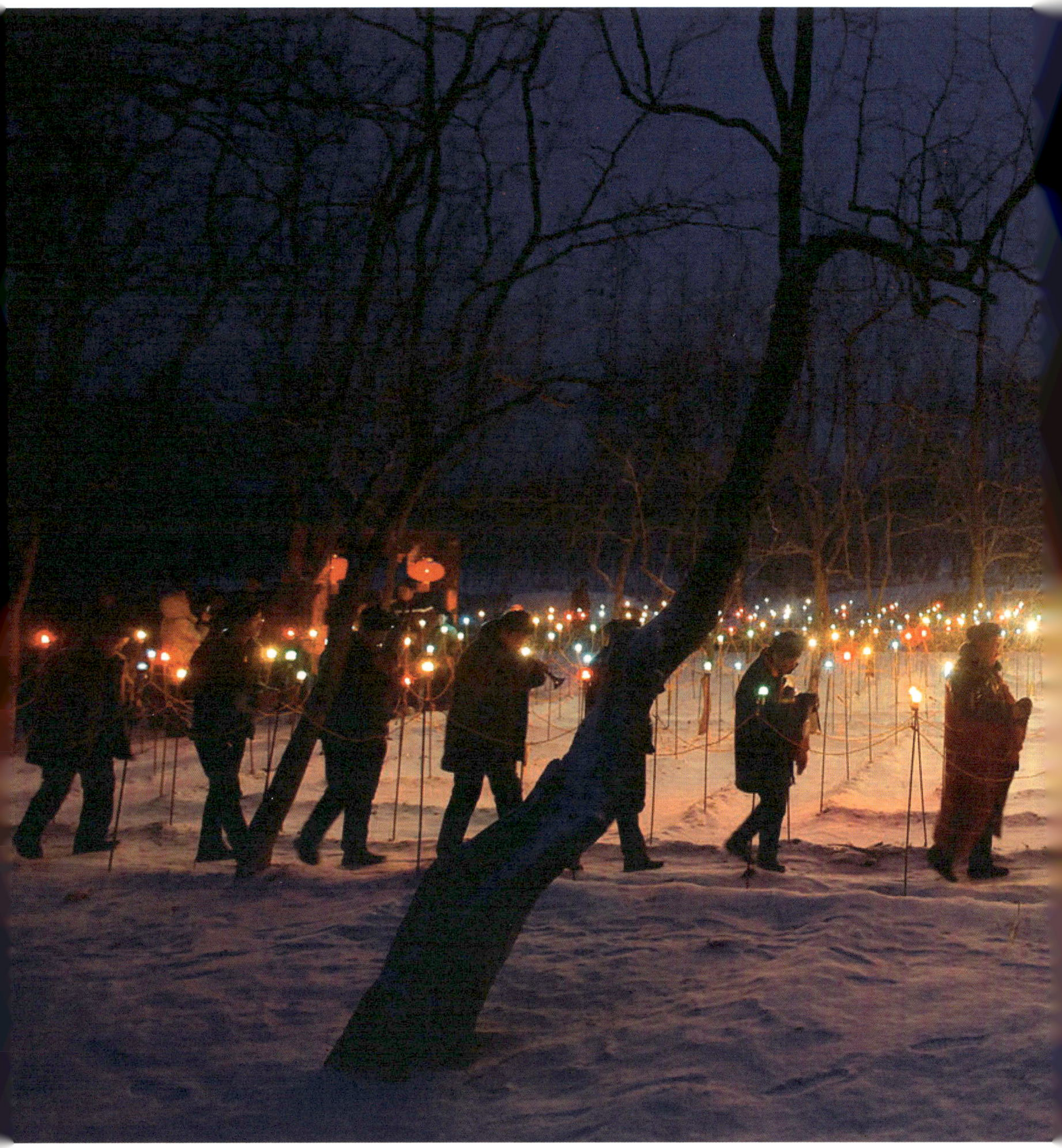

🍒 **乡村生活周期里的祭典**

03

每年农历三月十二的庙会，周边12个村的老百姓就会麇集于此。骑驴的、牵马的、推车的，但凡腿能动的男女老少都愿意来凑个热闹，在古老剧目的曲调中，重温祖祖辈辈熟悉的旋律与故事……

泥河沟村属于黄河沿岸土石山区，生态脆弱，旱涝灾害频繁。清雍正六年（1728年）和道光二十六年（1846年）分别重修龙王庙和河神庙，它们与村口的观音庙一样，是村民在多灾多难中得以生存下来的精神依托。作为村庄礼俗生活的文化表征，这3座庙以及可感的神灵，经年累月地抚慰着村民起伏波动的心绪。尽管此时的河伯、龙王已稍显寂寞，但庙前石碑上模糊的铭文记载着村落的历史，记录了村民祈求龙王爷施降甘霖、洪水不犯良田的愿望。固定时日里庙里的香火，言说不尽的依旧是老百姓对风调雨顺、出入平安的渴求。

河神庙坐西朝东，位于村口银象山的半山腰上，下临沿黄公路。走进山门，迎面是供奉河伯将军的殿堂，新碑与旧碑分立于主殿左右。站在山门，向东向南可眺望黄河的波涛与河滩大片的枣林。出山门向北，可俯视被群山环抱的泥河沟村全貌。2007年《重修河神庙碑记》云："亘古建寺立庙为保一方平安，祈除人所未及之事。祖先为祈求洪水不犯良田，关津稳渡，凡河畔居村皆设祠河神庙。"在泥河沟村民的记忆中，无风三尺浪的黄河经常泛滥，公路未通之时村民多走水路，因此每年农历六月初六要拜祭河神，保佑出入平安。每逢发大水的时候，村民就会到河神庙祷告，祈求河神显灵，保护船只平安渡河，保佑作为生计来源的滩地不被冲走。

河神庙（侯玉峰摄）

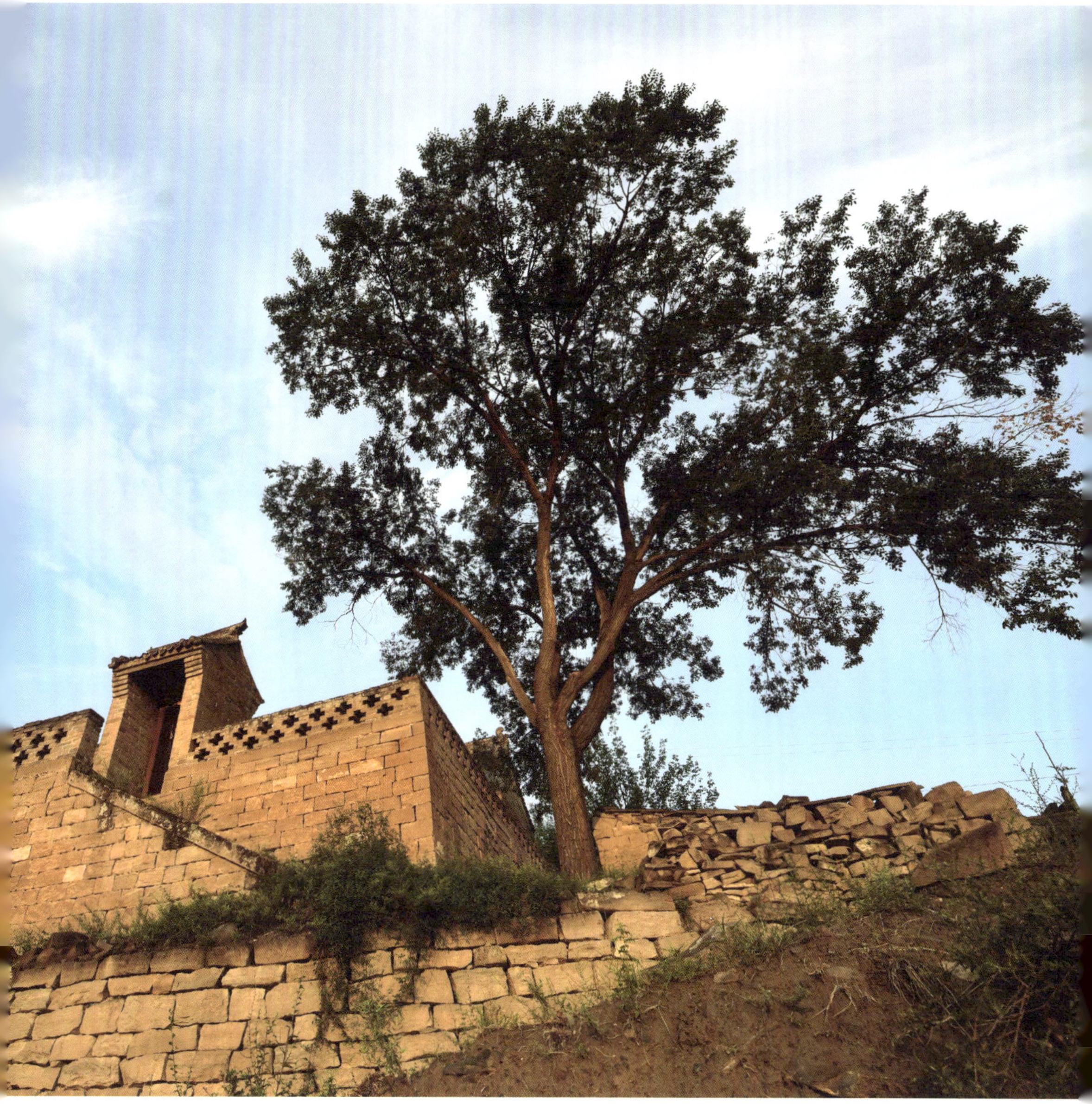

泥河沟村自古被叫作"汉道"，陆路交通闭塞，主要依赖水运。村口的黄河渡口叫"宁河口渡"，也是环村而过的车会河汇进黄河的入口。《葭州志》载："宁河源出州北九十里马家沟，东流十五里达古宁河寨。南，又东南流四十里，至宁河口入黄河。宁河口渡，在州北七十里黄河上。"这是有关"宁河口渡"最早的记载。此时，与人们印象中惊涛翻滚的黄河不同，因上游修筑水利工程的缘故，流经村口的大河显得格外平静，渡口早已空留记忆了。

龙王庙原址在村前的车会河石岩上，传说有一灵狐把龙王庙神牌叼到了村中北山的一个土台上，于是村民就遵照狐狸的旨意在此修建了龙王庙。此庙东望河伯，三面矮墙，开门向东，门口西侧挂着一口原属于观音庙的古钟，主殿坐北朝南。走进庙宇，三面院墙皆嵌有神龛，西边供奉着山神，南边是土地神，东边是使风娘娘。正殿前中间是两根抱柱的对联"保春种风调雨顺，佑秋收五谷归仓"，充分表达了村民对龙王爷的祈求与心愿。

在泥河沟村民的记忆中，每逢春旱，过了五月十三，村民便开始祈雨，因为这是关老爷磨刀的日子。求雨之前，全村集资买一头猪。求雨仪式开始，由负责求雨的武忠全带着四五个人将猪赶去龙王庙，拿一瓢水泼在猪身上，把供品放在供桌上面，然后大家跪下磕3个头，对龙王说："我给您老送上个猪，您给我们显上个灵，三天两头下上个雨。"猪抖一下，过几天就下雨了。求雨之后，全村人共同分食猪肉。如果是在农历七月求雨，村民就把祭品换成黑色大山羊，因为七月时山羊已经长肥长大，便成为献祭的首选。在祷神求雨的仪式中，唱戏是不可或缺的。有关唱戏，村民中还流传着一段趣事。据说，在清同治年间，有一次，村民们请戏班子给龙王唱戏，唱了《魏征斩老龙》。不料演完这出戏的晚上，天空风云变幻，顷刻间暴雨瓢泼，戏楼近旁的

龙王庙侧面（侯玉峰摄）

车会河水陡涨，浪涛涌上戏台，冲走了戏楼里的道具。第二天早晨，戏班子急忙反思自己的罪过，原来是这出戏冒犯了龙王爷的威严。在这出戏中，魏征上知天文，下晓地理。老龙王不服魏征的本事，于是化身人形前来探视，并让魏征预测下次降雨的时间和雨量。神机妙算的魏征识破了龙王的身份并准确预报降雨。老龙王为挽回失去的颜面，违背玉皇

观音庙（侯玉峰摄）

大帝旨意擅改了降雨时间和雨量。此举触怒玉帝，老龙王被问罪斩首。如今，这样的故事已经和龙王庙一样，渐已被村民淡忘了。

与主管风调雨顺、庇护良田、粮食丰产的河伯和龙王不同，村里还有一座观音庙，供奉着为村民祈福消灾的观音娘娘。坐落于泥河沟村口漫水桥近旁的观音庙曾于1952年塌毁，1997年2月7日在武有雄、武岳林和武世峰的积极倡导和筹办下破土重建。在历时80天的修建过程中，村民义务出工，各尽其力，筑台墩203立方米，完成这座砖石土木结构殿阁。据当年4月28日立《重修观音殿碑记》载：观音殿"坐东向西，背拱黄河，前展锦旗，左右二龙捧印，车会河流与路交集，玉带缠腰，山环水抱，合成金局，水归正库，名三合聊珠，富贵旺丁，发福绵远，堪为美地"。此殿始建于何时已无法考证，为得其真相，村民以当地的仪式求神问之。神示此庙初建于明万历四十四年（1616年），距重建之日已有381年。

也许是精心设计，抑或妙手偶得，欲拜观音先得"两低头"：殿外小径旁有歪脖树一株，途经此路必当低头，是为"一低头"；其后穿过高台下的小门，攀登数级险陡窄瘦的台阶方能进入正殿，是为"二低头"。殿前高台被3面镂空砌法矮墙包围，左侧是记录修缮观音庙的石碑，右侧挂着新铸的铁钟，正殿对面矮墙上有个小小的佛龛，供奉着

龙王庙正面（侯玉峰摄）

韦陀菩萨。观音殿内立着观音菩萨的彩像，两名童子分侍在侧。供桌上同时供奉着观音菩萨和枣神菩萨的木质牌位，左侧是"南无枣树王菩萨之位"，右侧写着"供奉南无观世音菩萨之位"。殿顶是黑白太极八卦图，左右墙壁彩绘了《妙法莲花经观世音菩萨普门品》中的24幅图画。在观音殿内供奉枣神，也许是枣乡的独特设计吧。据村民讲，枣神像由一块从远村寻来的石头打磨而成，原本被供奉在川崖地半石坡的一块大石头上，上面有个六七十厘米高的牌楼，前面立着枣神牌位，村民敬神时就在前面焚香烧黄表。枣神像因村里修建拦河坝治山治水而被捣毁，枣神牌楼也在"文革"时期被拆掉。20世纪70年代，牌楼所在的位置被公路占用，枣神便没有了住处，再加上后来修庙资金不足，枣神才被搬进观音庙，并被晋升为"枣神王菩萨"。尽管枣神栖居在观音殿，没有单独的庙宇，但在村民的心目中这位守护枣树的神明却与观世音、河神和龙王拥有同样的地位。每逢唱大戏，7天中总会有一天是唱给枣神的。此外，每年腊月初八还要祭枣神，腊八粥要抹在枣树上，献给保佑枣树丰产的枣神。

如今，船舶停运，河神寂寞。旱涝灾害虽也频发，龙王和观音却香火寥寥。尽管如此，每逢正月大年，村民依旧会遵循风俗，带上娃娃，摆上供品，在殿前磕头烧香。也只有在这个时候，昔日春旱时祈雨的往事，出船前祈求河神和观音护佑的记忆，才会重现眼前。

除了3座神庙，泥河沟村还有一处神灵的居所，当地人称"戏楼圪洞"。它位于古枣园的近旁，是村落活动的中心区域。据说，这座戏楼建于清光绪年间，坐南面北，为悬山顶式青砖瓦房建筑。其对面坐北朝南的二层建筑是神楼，神楼下悬空的过道就是圪洞，这两个相对称的组合建筑便是"戏楼圪洞"。古朴而别致的戏楼东侧建有台阶通往戏台，下面有高出地面1米有余的拱券。其内部分为前厅和后室，前厅正中间悬挂着一块斑驳褪色的木质匾额，上书"作如是观"四字；后室靠东设有后门，门外就是36亩古枣园的腹地。与戏楼相望的神楼是悬空二层红砖结构建筑，西侧与村民武治洲家相接，东侧建有陡峭而狭窄的楼梯。神楼内设有供奉神像牌位的神龛，内墙绘有彩色壁画。

戏楼圪洞因何而起？武爱雄（1925年生）曾听他的长辈讲过这样一段旧事：沙埌武佩环家族第四十一代孙武含章，他家院落外面石碾处长有一棵需3人合抱的大榆树。武含章唯恐这棵大榆树某日倾倒压坏院落，便想砍伐以解后患。此时，曾经殷实的家境因其父吃大烟而家道中落。十六七岁开始持家的含章便决定把这棵树捐给村里，盖一座戏楼悦

戏楼前晾晒的红枣（于哲摄）

神积些功德。于是，请来老木匠把这棵榆树分成了梁柱椽窗，发动全村力量出工出力共同修建了戏楼和神楼。而今，在经历百年风雨之后，戏楼下拱券里积淀的泥土渐高，原本可容一人站立走，现在只能容顽童爬行穿梭。神楼本是陕北窑洞形式的拱券建筑，塌毁后重建为红砖二层小阁楼。神楼的下面依旧是可以通行的孔洞，圪洞的风格与功能犹存。

戏楼圪洞是村庄的地标性建筑，承载了一辈辈村民特殊的生活记忆。每年的正月初三至初五泥河沟要举行打醮仪式，这是村民感谢神灵、驱瘟解厄不可或缺的生活内容。在寒冷的冬日里，村民手持香火，转"九曲黄河阵"，祈福一年的平安吉祥。与此同时，村里会请来晋剧班子唱3天戏。从初三起戏，初四正戏，到初五罢戏，戏楼圪洞热闹非凡。村里人和周边村子的人都会沉浸在这红火的氛围之中。正式唱戏之前，会举办请神仪式，将河神庙、龙王庙和观音庙里的神祇牌位请到神楼。戏是唱给神神的，怡人悦神是请戏班的目的。按照老一辈留下的风俗，初三起戏的时候，要先请村中德高望重的老人致辞开戏。《打金枝》就是不曾变更的开场戏，之后是村民点戏。初四共唱3本戏，初五再唱3本戏。曲终之时再请村中有名望者作罢戏辞。唱戏期间，演员分别住在各家各户，事先已由村里的会首们做好了安排。这里还值得一提的是，戏楼里唱腔悠扬之时，神楼上还有一道景观——3

个娃娃头顶着村中3座庙里神灵的牌位蹲在神楼上看戏。在村民的心目中，孩童是纯洁的，因此由这些未沾染俗尘的童子来奉神，既体现了神祇的地位，也表达了村民的虔敬之情。每一个头顶神位的娃娃也会因此得到一个枣卷卷作为报偿。在物资匮乏的年代，对于孩童而言，这份美差是难以忘记的。村民们说，日子富裕的时候，村里也曾唱过4天戏，多出的一天是专程唱给枣神的。遗憾的是，近些年来，戏楼年久失修，戏台上的《打金枝》只待追忆了。2010年，路过泥河沟的戏班曾在戏楼上唱了几出小戏，此后这里再没有唱过戏。

2014年7月我带学生驻村调查期间，主持修缮3座村庙的武岳林曾现场讲解每一座庙、每一尊神像的功能，他很严肃地告诉我们：

现在人们不求神了，只求人。但是农村的唱戏都是为了祈祷平安、超度亡魂。

修庙唱戏、烧香拜佛依旧是我们的乡风民俗。老祖先留下来的庙正月天还是要去转转。以前大年初一，村民们起个大早，穿上新衣服，把香、酒和点着红点的馒头、肉、菜等放在盘子里端着，抢着去烧早香，三座庙都要去烧。正月初三开始打醮，请和尚诵经、做法事，亲戚朋友都来送花果，秧歌队锣鼓喧天。还要转转由365盏油灯组成的"九曲黄河阵"。转九曲黄河阵的时候，要把佛爷搬到盘子上，和尚走在前面，乐队紧随其后，村民也去阵里。为什么会有转九曲黄河阵的传统呢？据说清同治年间，我们村因为瘟疫流行死的人太多了，才有了打醮。每年正月初三到初五，请和尚到村里做法事，村民就立起这灯油盛会，转九曲黄河阵，驱除瘟神，赶走疾病。油灯是用棉花做成捻子，蘸上灯油，用彩色的纸围起来，看起来特别好看。每到打醮的时候天气都很好，和尚作法把风一禁，风都不刮了。现在村里的人为了求学、做生意，还会求神。

　　除了这些村内的仪式活动，泥河沟村外的佛堂寺更是久负盛名。作为佳县最大的乡间寺庙，其周围的山头属于白家塔村，但是佛堂寺这座庙属于泥河沟村，所以有"山主白家塔，寺主泥河沟"的说法。每年农历三月十二的庙会，周边12个村的老百姓就会麇集于此。骑驴的、牵马的、推车的，但凡腿能动的男女老少都愿意来凑个热闹，在古老剧目的曲调中，重温祖祖辈辈熟悉的旋律与故事。与村民熟识后我们发现，农民的时间是活在节日里的，好像一年中最值得记忆的只有这唱戏敬神的日子。

佛堂寺（贾玥摄）

化解是是非非的"人市儿" 04

每天下田之前、吃饭之后往那一聚，或蹲或坐，从国家大事到家长里短，简直就是村庄生活中最有活力的地方，因此，这里还有一个更亲和的名号——"人市儿"……

戏楼圪洞是泥河沟最重要的唱戏敬神场所，平时这里则是村民闲暇时"拉话"的去处。每天下田之前、吃饭之后往那一聚，或蹲或坐，从国家大事到家长里短，简直就是村庄生活中最有活力的地方，因此，这里还有一个更亲和的名号——"人市儿"。村里的老人们说，这人市儿里闲人游荡，难免张家长、李家短挑起矛盾，因此吵架甚至打架的事时有发生。但这里既是招惹是非的地方，又是解决是非的地点。家庭矛盾、邻里纠纷到此谈论，明白事理的人就会从中调解。老早年时，外乡几十里远的地方都知道泥河沟戏楼圪洞，他们发生了村内解决不了的矛盾也愿意来这里，找德高望重的人评判是非。

2014年7月，我和学生第一次驻村调研时，人市儿是我们和村民彼此观察的核心区域。从戏楼圪洞到村口的古院落"世其昌"，是我们在村落行动的必经之路。每次经过时，在路两旁的花墙边，或倚或立，或蹲或坐的老百姓就会暂停拉话，把目光统统投向我们。外乡人从这条路走过的时候，都要接受他们的"检验"。学生们很紧张，不好意思抬头。我和他们说："这里就是泥河沟的星光大道，抬起头，面带微笑，一直笑到头，向爷爷奶奶们问好。"我们的调研工作就从这里正式开启了。因为村落研究就是奔着人群的，从这些老人入手，问询他们的故事，恰恰是田野工作最好的机缘。一周后，我的学生都可以自由应对了，亲亲热热地叫一声爷爷，再叫奶奶，村里老人家都特别欢喜。当时89岁的玉书老人说："娃们来这里没喝俺一口水，没吃俺一口糕，就叫爷爷，自己心里都觉得好有愧。"

2016年7月，我们团队第三次驻村时，戏楼圪洞已成为我们和村民愉快交流的场所了。学生们和我一样，都能叫出绝大部分在村老人的名字。这份尊重换回了乡亲们的信任，于是才有了那么多带着眼泪的讲述，那些曾经久违了的乡村故事，才能一个又一个呈现出来。

戏楼（康宁摄）

　　人市儿因何而起已无法考证。据说是由武姓4个家族中有威望的长老聚集在此议事，专门在此评判是非、商讨家族大事而来，其权威性由此可知。过去，年轻人在这里没有轻言谈论的余地，妇女们也没有参与说事的资格。我们进村之后，曾和一些回村的年轻人核实此事，一些"70后"和"80后"都给出了肯定回答，说他们小时候是不敢在这里乱讲话的。但此时的戏楼圪洞早已时过境迁，没有了往日权威，只是乡里乡亲们日常拉话的场所，发挥的是传递信息、凝聚乡里的功能。然而，无论人市儿上所谈的内容发生多少变化，其聚合的形式决定了它始终是泥河沟村民日常生活中不可或缺的最鲜活生动的公共场所。

　　人市儿是泥河沟的言论集散地，村中大事小情总能从这里找到谈论

夏日里的人市儿（何颂飞摄）

的头绪和线索。寻访十一孔窑和开章小学，便是从这里开始的。十一孔窑和开章小学是村中两个最为醒目的建筑，它们是乡村教育的历史记录和物质载体。为了弄清楚学校的变革轨迹，我们曾在人市儿反复追问。听说在十一孔窑之前，还有六孔窑和四孔窑。那么，四孔窑之前的学校又是什么样子？不同年龄段村民的热议，为我们勾勒出了这里学校教育的基本形貌。

中华人民共和国成立之初，这里没有专门的校址，1953年搬到四孔窑之前，湾崖地的武忠谋家和武冬旺家，炉瓷坡的武占正家，都曾做过学校。而今，后湾44号的四孔窑校舍尚在，只是已成为村中一户普通人家的院落。我们去走访时，高治国老人已经不记得他家与学校的任何往事了。1965年，在时任大队长武子勤的领导下，全村男女老少齐上阵，背石头、拉石头，在炉瓷坡建造了六孔窑，娃娃们终于有了宽敞的教室读书了。"文革"时期，这里曾办过"戴帽中学"，小学、初中的学生加起来一共有100多人，教室无法容纳全部学生。1977年，时任大队书记的武世勇向公社反映，希望另找一块地方修建新学校。在选取校址的3个方案中，河神庙靠近黄河，曹柳圪台后村偏远，最终决定建在寨则上的山顶。这一年秋天，全村人在石工队带领下开始修建十一孔窑，武忠兴是技工，武占路和武国树负责各方面的管理。1979年元月，十一孔窑正式启用。

由于十一孔窑建在山上，空间狭小且坡陡石滑，再加上取水困难，所以村里一直想重建一所小学。2000年，原山东省委书记武开章的女儿武越第一次回老家，得知村里学校的情况后多方筹措，最终榆林市政府拨款30万元，于2003年10月建成了这座总建筑面积735平方米的三层楼房。这所以武开章名字命名的小学，在四周窑洞的环抱中，时至今日依然是全村最为醒目的建筑。遗憾的是，从开章小学落成到2012年最后一个学生离开，不到10年时间里，村里的孩子全部涌向通镇、佳县或者榆林市接受中小学教育，这个昔日的文化大村，没有了孩子的读书声、嬉闹声，有的只是山村的寂静和日趋落寞的现实。

人市儿上的七嘴八舌，为我们呈现了昔日乡村教育的图景。那些亲身经历的往事，也在村民的回忆中一桩桩从历史中走来。面对被挖掘的事实，我们也不得不感慨"村里的人市儿有智慧！"

2015年7月15日，当我在废纸堆中意外发现片段的历史记录后，便拿上几张20世纪70年代的工分统计表到人市儿。在围观之后，村民们好像又回到了那些年，有感伤也有激动，尤其是看到那页1976年7月27日制的"泥河沟大队石工队工分登记册"时，每个人都有了讲话的冲动。武冬旺、武忠先、武子金、高治才、武孝孝、高治亮、武子庆、武国

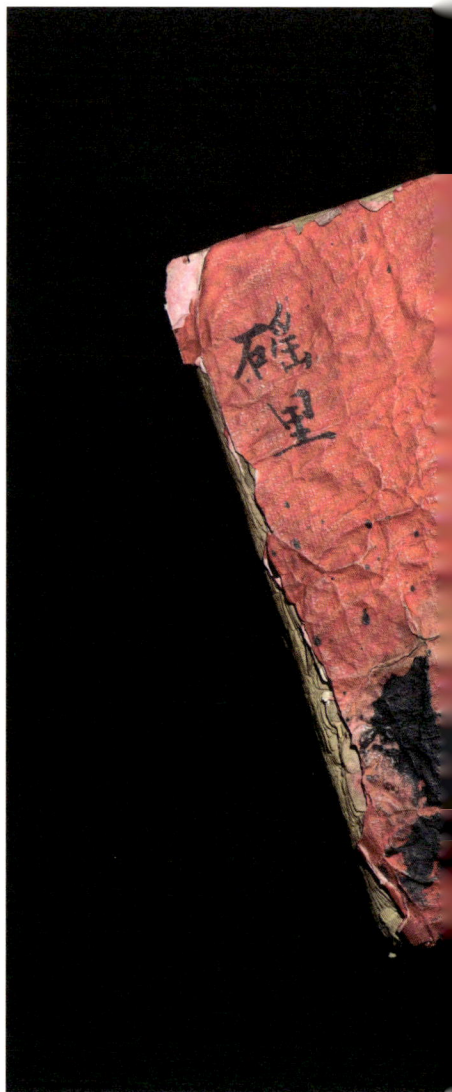

《忆志簿》（侯玉峰摄）

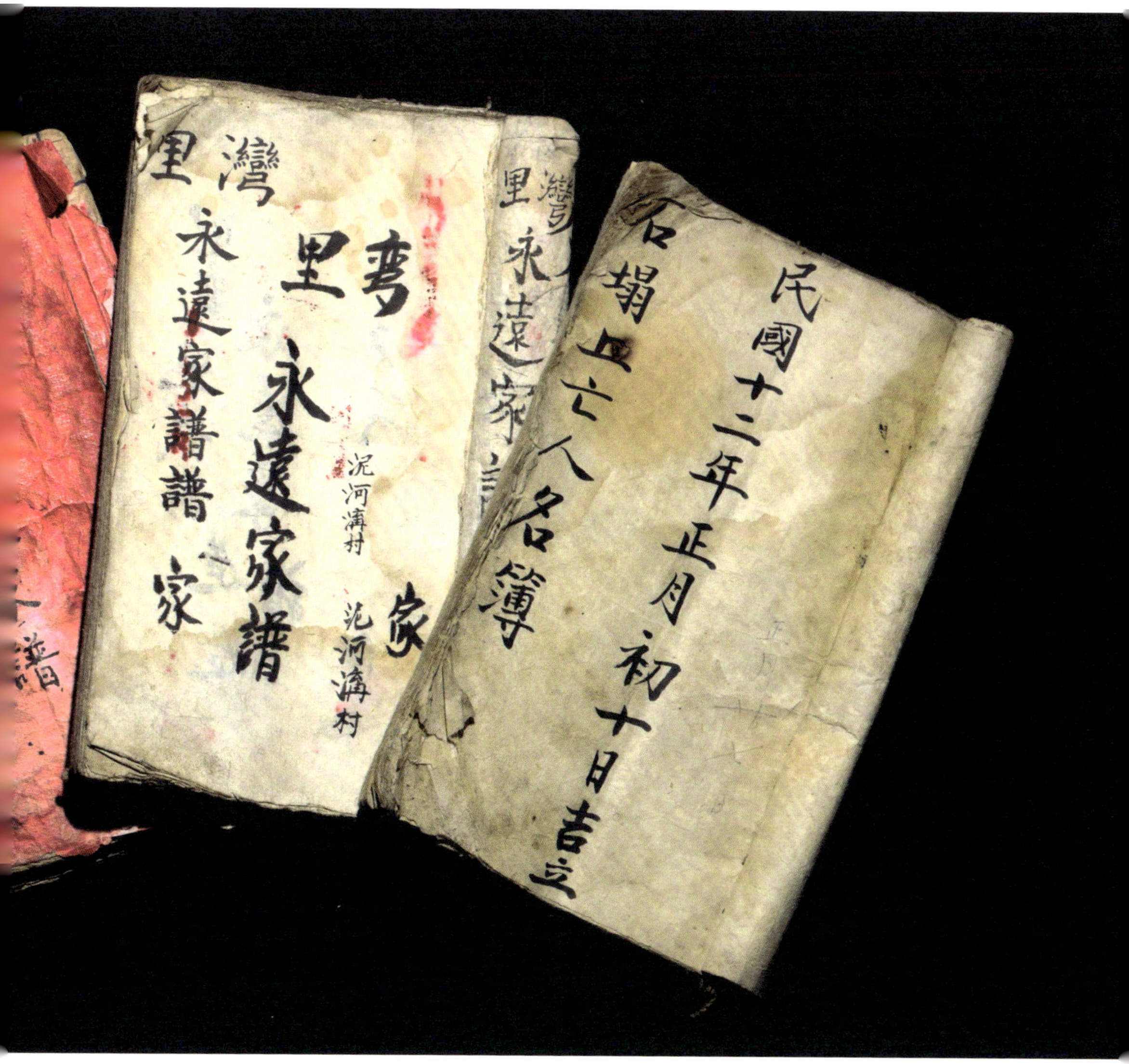

武冬旺先人（侯玉峰摄）

树、武方强、武马耀、武国勋、武有苗、武占鲁、武占和、武忠心、武花生、武有杰……所有这些熟悉的人名和那些早已随风而逝的旧事，就在你一言我一语的争辩中"复活"了，好像他们就在修建顺水坝、顶水坝、"闷咕噜"等工程的现场。那一刻，我心里默念的一句话是："历史资料的力量、文字的力量是强大的。"庆幸有这些零星的工分记录和一些缺页断章的工作总结，唤醒了村民尘封的记忆，给我们深入调研带来灵感。

我们从人市儿的拉话闲聊中获得线索，继而走到当事人的家中，开始了我们对乡村历史文化的正式采录。通过这样的采访我们走进了真切的乡村生活。在他们的讲述中，破旧的十一孔窑与乡村学校的兴衰连在一起，河神庙、龙王庙与他们的灾害记忆一并而至。他们饱受过黄河之苦，也曾享用了水运之便。如今，码头已不见踪影，艄公已走下船头，但痛苦与欢乐并至的往事却总是呼之即来。而那些贯穿村庄的水利工程、那座护佑枣林的拦河大坝、那条背扛返销粮的陡峭山路，都留下过他们的汗水与泪水。村民们所有的讲述，都是那个充满激情的时代最为生动的见证。这是泥河沟的历史，也是一代人的心事。

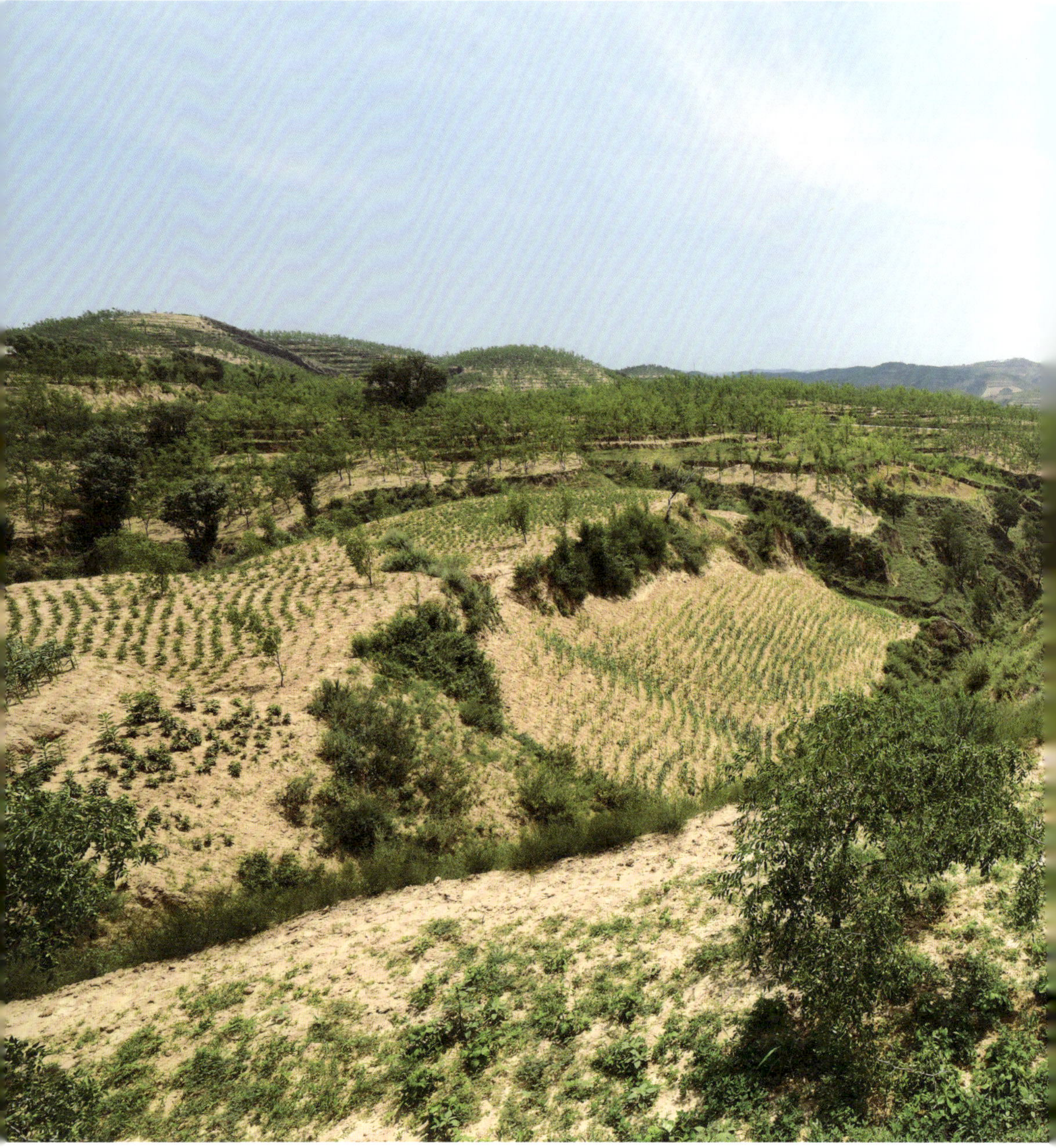

四十里山路散落的背粮记忆

每逢背粮的日子,家家户户天不亮就起身出发,大人背大布袋,十几岁的娃娃挎小布袋,在近4小时的行程后到达通镇。啃个窝头,喝碗稀饭,而后背上几十斤粮食,再度踏上崎岖的山路……

2017年8月8日，冰雹与大雨再度降临泥河沟。当我在微信群里，看到老人面对满地落枣的无奈神情，听到年轻人发出绝收的叹息，我简直无法形容那一刻的心情，只能和他们一起承受着希望幻灭的忧伤。那突如其来的冰雹，那不该在此时降临的大雨，好像都敲打在我的头上。农民以农为生，靠天吃饭，即便在科技进步的今天，也无法抗拒大自然带给贫困村庄的宿命。

佳县是国家级贫困县，隶属于我国14个集中连片特困地区之一的吕梁片区。严酷的自然环境，使这个农业县一直深处贫困之中。翻阅陈焕武整理的佳县气象局气象观测资料可知，自1958年以来的60年间，干旱、霜冻、暴雨、高温、冰雹、连阴雨、大风、雷电等气象灾害从未间断。

1965年4月起，全县发生百年来罕见的大旱，4月17日至次年7月31日间无有效降水，干旱持续15个月，小河断流，人畜饮水困难，入秋又遭受冰雹、霜冻灾害，秋田作物几乎无收成。

1970年9月，全县16个公社202个村庄暴雨成灾。洪水冲毁大坝49座，水地、沟塌地1180亩，供销社5个，木业社、合作食堂6个。粮食减产300多万斤[1]，民房、牲畜等财产损失1000万元以上。

1972年，春夏秋连续降水量偏少，连旱长达180多天，是有气象历史记载以来，年降水量最少的年份，年总降水量为235.7毫米。农作物难以入种，导致春秋两季基本无收成，成为灾荒年，大量人员外出讨饭或移居他乡。

1983年6月27日下午，县境内的朱家坬、坑镇、螅镇、大佛寺、康家港等公社，出现了大雨、冰雹天气，冰雹直径10毫米左右，冰雹袭击了5个公社，受灾面积2035公顷，成灾618公顷，重灾472公顷。冲垮土坝33座，淹没农田1362亩。

1990年4月23日至9月13日，全县持续4个月无降水，干旱严重，干土层达8寸[2]，不少地方大河断流，小河干涸，人畜饮水困难，禾苗死亡。全县62万亩的种植面积中，成灾面积达58.6万亩，粮食减产60%以上。干旱涉及全县24个乡镇的654个村，受灾人口达20.5万人，特重灾有通镇、朱家坬、刘国具、上高寨、西山、兴隆寺、官庄、金明寺、佳芦镇、峪口等11个乡镇。

......

灾难带给村民的是困苦的生活，是无力抗争的无奈。泥河沟因毗邻黄河和车会沟，除了饱受旱灾和雹灾之苦，更有水患的时常侵袭。这个久经磨难的村庄自1955年开始吃国家的返销粮，接受救济粮、救灾粮的情况一直持续到20世纪末。国家供应的返销粮由专门的粮站供应，早期是在距离村庄较远的乌镇和刘国具乡，后来固定在距离村庄20千米的通镇。在我们的访谈中，村民对这段肩挑背扛返销粮的日子记忆犹新，对那条悬崖边上的山路刻骨铭心。

从泥河沟到通镇有两条线路：第一条从河神庙上对面山（银象山），走石人塌到垴坪梁，顺着崖边不到半米宽的小路走到继儿子塌，再走四米梁，过桑塌到沙湾；第二条从车会沟上老驴坡，走高崖坢到孔家峁，再走崖坢到沙湾岔路。两条路在沙湾会合后，走土沟经高家塌到西沟坢，之后又分两条路，其一是走桑沟村过张家坡到通镇，其二是走小李旺村过岔道街到通镇。2015年7月22日，我们在村民武林枝（1953年生）的带领下，重走了这条昔日的背粮路。虽然仅仅走了三分之一的路程，但在武林枝的讲述中，那段艰难的时日宛如就在眼前。每逢背粮的日子，家家户户天不亮就起身出发，大人背大布袋，十几岁的娃娃挎小布袋，在近4小时的行程后到达通镇。啃个窝头，喝碗稀饭，而后背上几十斤粮食，再度踏上崎岖的山路。武林枝是石塌上家族的后人，在

背粮小道（侯玉峰摄）

翻山越岭之后，他带我们拜谒了他们祖先的安息地——沙塔湾，还专门把我们带到车会沟深处的花果园。村民武兰孝（1966年生）备好一筐李子和玉皇，让我们大饱口福，也感受了山林之乐。在回村的路上，武林枝还为我们念诵了20世纪70年代创作的诗歌："前滩后川枣树林，南北两山遍柴薪，车会沟里花果红，曲路两头树成荫；湾塌坡峁梯田化，机器耕种收锄打，小沟养鱼蓄水坝，集体生活大变化。"这是当时大队书记武国雄为泥河沟勾勒的美好愿景。

与背粮记忆同步的是，因饥饿被迫选择的移民。据武国柱（1933年生）回忆，村里曾在20世纪50年代和70年代有两次较为集中的移民。在2015年1月5日给我的信中，这位村子里走出来的老县长，专门为我列出了50年代迁出的近30户村民名单。这些移民被当地人称为"逃难户"，其中武毛珪迁往宁夏，武润五、武凤五、武三五、武增光、武成考、武早生、武有福迁往内蒙古，武忠和、武世乐、武模娃迁往山西，武来哲、武根项、武三项、武四项、武义增、武福则、武党生、武山则、武三寿、武买则、武润寿和武埃寿迁往本省的延安，武双买、武元红、武岳五和武处则迁往本县北区生活条件稍好的地方。

根据我们的走访所闻，20世纪60年代末，村中有12户村民选择迁往内蒙古五原。据说那里地处八百里河套腹地，适合小麦的生长，可以吃上精磨的细面。70年代，政府提出生态移民，县里宣传，乡里推荐，村里派人，号召生活困难的村民向地多、粮食多的地方迁移，基本原则是鼓励但不强制。为了帮助村民尽快适应他乡的生活，政府还为移民的家户提供一些粮食和迁移补助金。1970年至1972年间，报名移民者有34户。在我们从废纸堆中翻出的资料中，有一份1971年2月5日的移民情况登记表，由此可以大致了解那一时期村里移民的基本情况。武保荣、武占耀、武忠元、武占亮和武有苗家迁往本县刘国具乡，武玉琪、武光

黄河冰凌（侯玉峰摄）

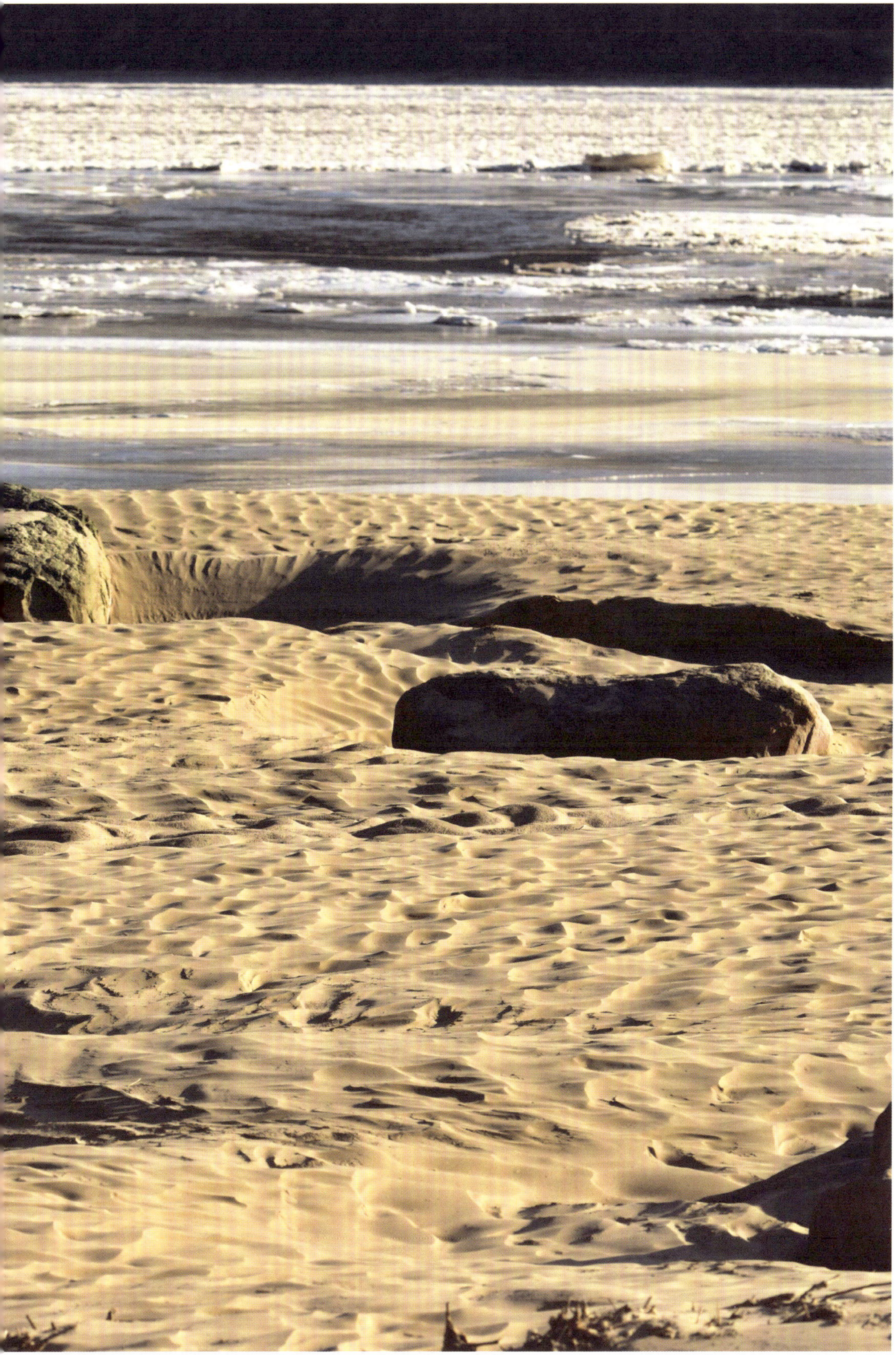

晒枣崖（贾玥摄）

荣、武爱雄、武光勤、武光正、武子孝、武忠会和武占斌和武占关家去
了上高寨乡，武忠昇家移民至王家砭。同一时期，村里武耀增家迁往山
西汾阳，武元小、武占正和武忠广3家移民去了山西寿阳，武子勤一家
去了山西兴县，武士春一家去了内蒙古临河。这些记忆都印在了村民的

心中，无论是临别时的相拥哭泣，还是最终的举家返乡，反复述说的都是故土难离的家乡情结。

与背粮、移民这些煎熬的日子同行的是，百姓对红枣的一片深情。佳县人称红枣为"铁杆庄稼"，因为它是木本粮食，具有多种功能。在20世纪60至80年代初期，人们把红枣和炒过的米糠磨在一块加工成枣炒面，不知挽救了多少条生命。红枣在泥河沟人的心中，不仅是可以获取经济收入的农作物，也是艰苦岁月中的救命稻草。改革开放之后，佳县老百姓有一句话说："金蛋蛋、银蛋蛋，不如我们的红蛋蛋。"这红蛋蛋就是指红枣。

目前，佳县有106万亩耕地，其中红枣种植面积就有82万亩，人均红枣占地约2.5亩，红枣收入占农民总收入一半以上。泥河沟村所在的朱家坬镇是佳县产枣的核心区域，泥河沟又是朱家坬镇产枣的核心区域，泥河沟正常每年产枣100万斤至120万斤。然而，天公不作美，年复一年的灾害总是击碎村民收获的希望，缺乏竞争力的市场又难以弥补他们微薄的收成。

注释

[1]　1斤等于500克。
[2]　1寸约等于3.33厘米。

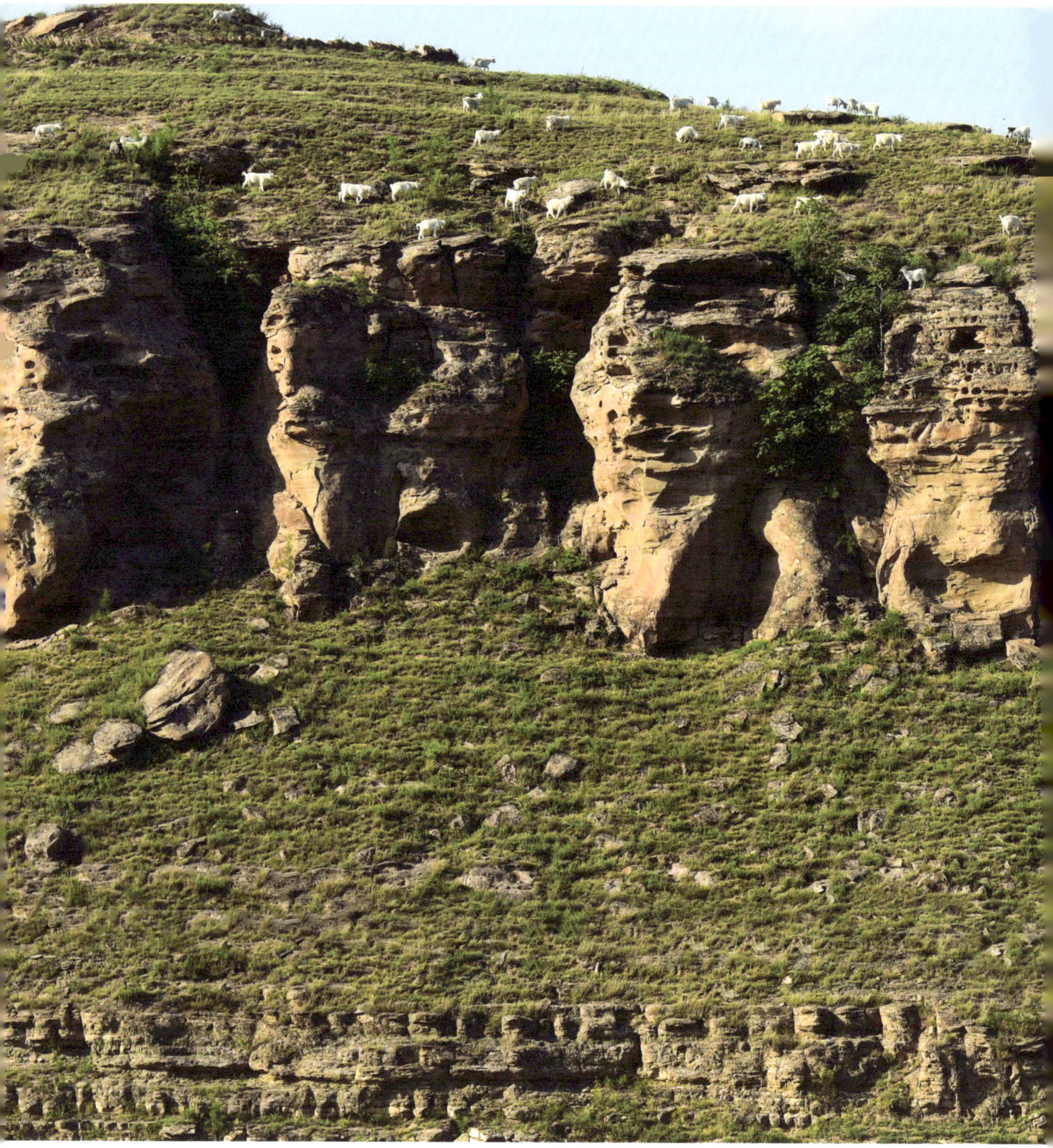

农业文化遗产名号的多重困惑

06

农业文化遗产保护的目标诉求是恢复乡村的活力，增进农民选择生活的能力和策略。因此，它不是保护过去，不是让农民退转到落后的生活状态，而是要立足于当下，重新思考农业的发展，思考城市和乡村的未来……

2014年4月29日，陕西佳县古枣园被联合国粮农组织列为全球重要农业文化遗产。在联合国粮农组织总干事若泽·格拉齐亚诺·达·席尔瓦和全球重要农业文化遗产指导委员会主席李文华共同签署的授牌上，有一段英文说明，中文译为：授予中国佳县古枣园"全球重要农业文化遗产"称号，以表彰其在促进粮食安全，维护生物多样性、地方性知识及文化多样性等方面为人类可持续及均衡发展做出的杰出贡献，福荫今世，泽被后代。这是一份荣耀，也是一份责任。

然而，此时的佳县政府并不了解这一称号所蕴含的价值。此次去意大利罗马领回授牌的是佳县科技局副局长武忠伟。6月10日至14日，为了了解古枣园的文化形态，特别是守护枣园的泥河沟村村民的基本状况，我前往佳县并首先拜访了武忠伟副局长。我很好奇，为什么农业遗产由科技局负责？追问后才知道，佳县是科技部对口扶贫的7个县之一，每年部里都会有一位扶贫干部到这里挂职副县长。农业文化遗产的申报就是由2010年至2014年间几任挂职干部共同推动的工作，因此对口衔接，科技局就一直负责这事儿。按理说，农业遗产应该由农业局管理，但佳县的枣树又归属林业局，其结果是这个遗产的保护工作应该由哪个部门承接，界限不明。当我问及授牌放在何处时，武忠伟副局长说："不瞒教授说，这块牌子领回来之后一直放在我的办公室，我不知道放在哪儿合适。农业遗产按理说应该放在农业局，但农业局也没人来要呀！这项工作从开始到授牌一直由我们科技局负责，但放在我们这儿好像不太对。那怎么办呢？就先放我这吧！"这个故事也在客观上说明了农业文化遗产保护工作之初所面临的共同困境。农业文化遗产保护是一个大农业的概念，农、林、牧、渔都统涉其中，政府各部门之间需要协调，这样才不会出现缺位的现象。那么，如何解决这一现实问题，进而更好地促进保护工作的开展？首要的任务应该是，农业部组织专家编写一本农业文化遗产保护实务手册，而后进行有步骤的培训，系统地讲解遗产保护的理念和方法，这样才能具体指导基层部门落实保护工作。此时，佳县各部门已经理顺了关系，遗产保护工作由农业局承担，并成立了由县、镇领导专门负责的机构。

此次出行，我还拜访了枣树研究专家、原佳县红枣产业办主任高峰。应该说，全县没有人比他见到我更兴奋。他说："教授，我看到农业文化遗产保护专家名单里有你，终于看到有一个农业文化遗产专家来了。我老高过去听过农业，也听过文化，就是没有听过农业文化，这事怎么保护对我来说是个大难题。"他带我进村走访，令我惊讶的是，他对古枣园里的1100多棵枣树如数家珍，对泥河沟村的情况了如指掌。此后4年的调研工作，都得到了这位红枣专家的指导和相助。

2015年暑期，我带学生驻村调研期间，镇党委书记任锦双特地把县里的主要领导请到泥河沟，希望通过我的讲解能够提高他们对当地遗产保护工作的重视程度。这之中与主管农业县长的见面给我留下的印象最深。那天县长要走访几个村，时间有点紧，因此只是来慰问一下。他先讲了全县80万亩枣树面临的各种问题，特别是病虫害防治和提高产量方面的问题，希望我能提供技术支持。他不知道我这个门外汉哪里懂这些农业科技问题！县长讲完之后我说："我先讲一个事情，咱们县里的领导都应该去感谢老天爷，感谢他给这块土地带来的灾难。"县长的表情满是疑惑，现场的许多随行人员也一定认为这教授疯了，怎么能这样讲话！我说："如果不是因为天灾的原因，佳县80万亩枣树中有50多万亩产枣，正常收成一年能产5亿到6亿斤枣。泥河沟村正常年份能产100万斤到120万斤枣。但事实上，连续3年都收成甚微，老百姓只能抱怨天公不作美，或者自己敬天不虔诚。如果天遂人愿，枣丰收了却卖不出去，老百姓依然无法摆脱生活贫困的现状。因此，一个有智慧的领导集体，

废弃的窑洞院落（小庆忠摄）

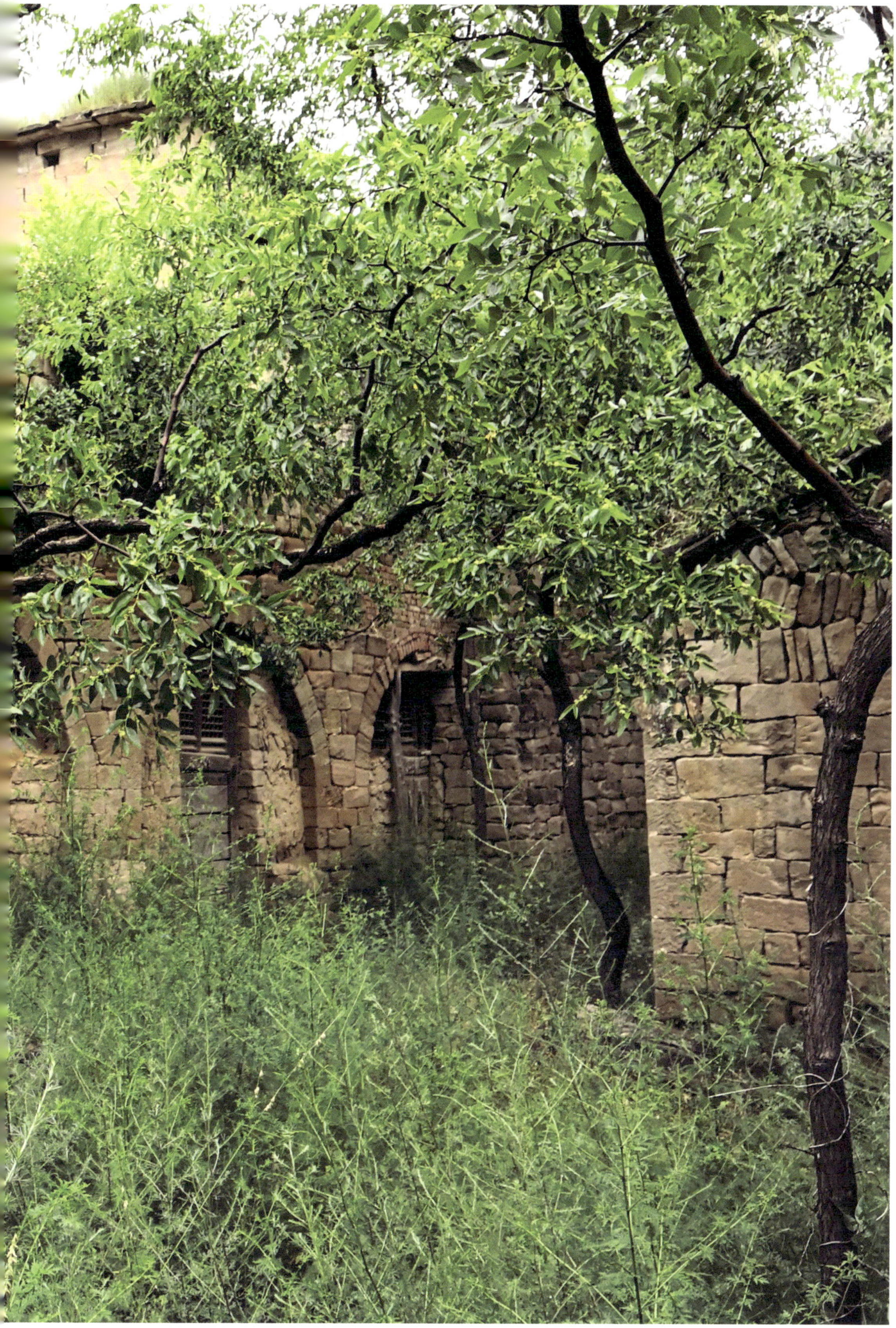

应该在拓展农业价值方面下功夫，让枣在绝收的情况下，老百姓也能有收入。"我知道我这样的说法对县长来说是不公平的，他关心的问题当然没有错，尽职又尽责，但如何让地方政府重新思考农业、利用农业遗产这一品牌资源，应该成为遗产开发利用的重中之重，也是我作为农业文化遗产专家委员会的成员此时最应该强调的。

那么，我们到底应该怎样认识农业文化遗产？与其他遗产类型相比，它具有哪些特质？湖南武陵源、中国南方喀斯特这些世界自然遗产和长城、故宫、莫高窟这类世界文化遗产都是风景名胜，无论是其自然禀赋还是文化特质，早已耳熟能详，深入人心。与之相比，地方政府、普通公众对农业文化遗产比较陌生。作为一种遗产类型，人们对它的保护理念和终极诉求还缺乏基本的认识，突出表现在两个方面：其一，对农业的多功能性（经济功能、社会功能、生态功能和文化功能）的认知程度不高，对于传承了几千年的农耕智慧疏于了解；其二，在与工业和城市的相互参照中，农业和乡村的处境愈发窘迫，农业文化遗产在民众心中的地位不高。

不同于其他遗产类型，农业文化遗产与人们的生产、生活是融为一体的。也就是说，老百姓要在村落里生活，文化要在他们的日常生活中延续。一旦农民逃离乡村，没有人耕作土地，这个遗产自然就不复存在了。因此，农业文化遗产保护的核心工作是乡土社会里的人，是发展的主体——农民。没有他们在村落里生活，农业景观是存留不了多久的。在我看来，以村落为中心的社会生态的抢救比农业生态更加迫在眉睫。如果村落荒芜，农民告别土地，农业文化遗产就失去了它存在的价值。千万不要把农业文化遗产和非物质文化遗产混淆等同。它是农业主体、农业环境、农业对象、农业制度、农业技术五位一体的复合型遗产。具体来说，农业的主体是农民，是最重要的保护群体；农业对象就是作物和动物；农业环境就是通常所说的农业工程和农业景观；农业制度主要体现在乡村组织和民俗活动方面；农业技术则包括农具、耕作技术与农业典籍。因此，我们可以说保护农业文化遗产实际上是保护乡村生活，是对乡土社会的存留和保护。

这里需要特别强调的是，农业文化遗产保护的目标诉求是恢复乡村的活力，增进农民选择生活的能力和策略。因此，它不是保护过去，不是让农民退转到落后的生活状态，而是要立足于当下，重新思考农业的发展，思考城市和乡村的未来。这之中，必须考虑到农民提高生活水平，改善生活质量的需要，这也是他们在保护中获得发展的权利。以此观之，保护和发展是一体两面的，没有保护绝对没有发展，不谋求发展，保护也是空中楼阁。回望历史，正是老百姓对于自然环境、对于生物多样性的精心呵护，才有了人们生产和生活之源，这也是几千年农耕文明持续至今的原因所在。

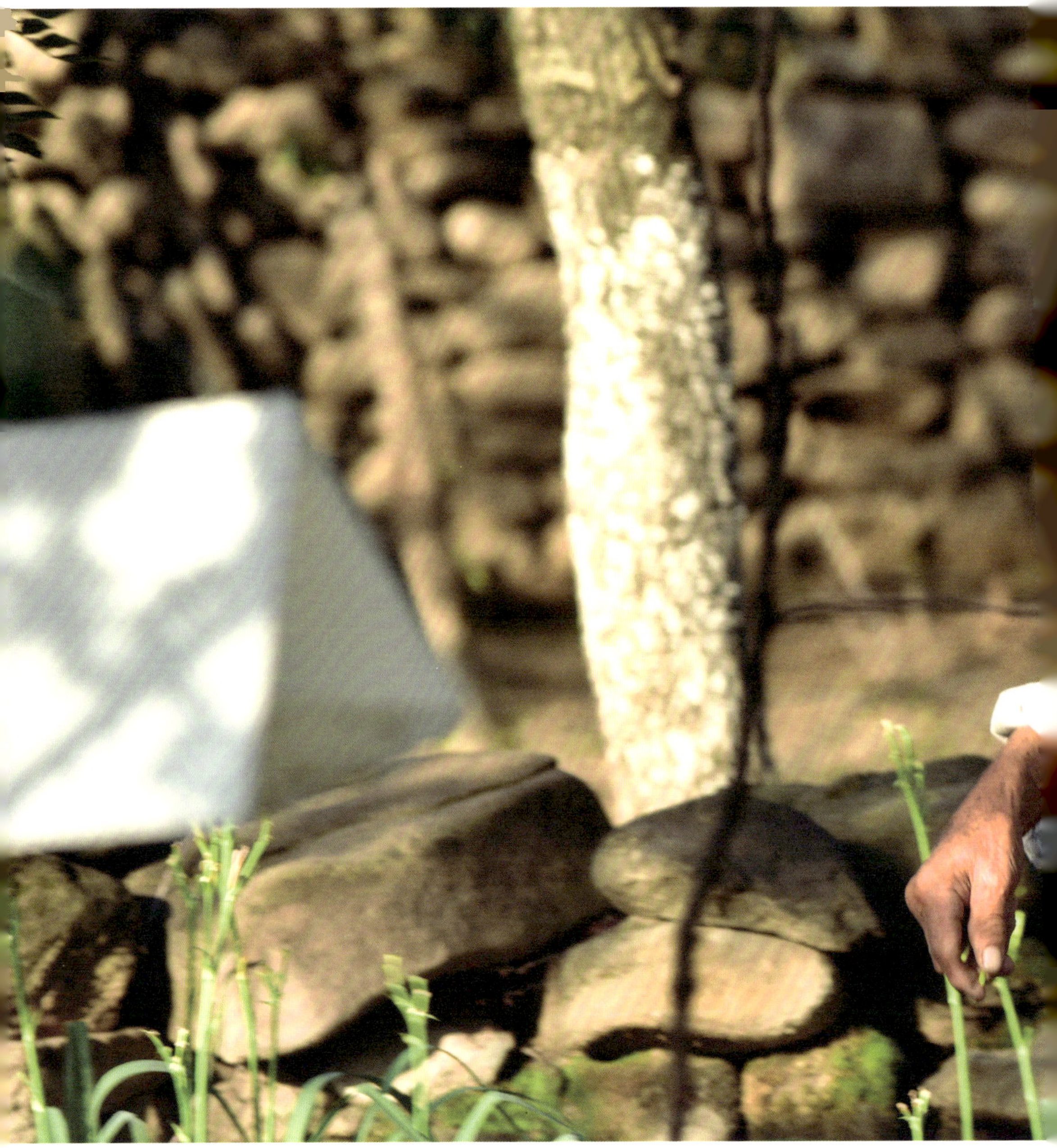

🌰 你来采访时他已赶赴黄泉

07

我很幸运，能够亲耳听到她的诉说，与她一起重温过那段充满激情的岁月。而今，老人家走了，也永久地带走了她的故事。然而，在村庄里留有她的足迹、汗水、泪水，她曾在这里活过，她的名字难以写进大历史，却应该与泥河沟同在……

　　2014年6月11日，因为千年枣树的吸引以及对枣园近旁村落的想象，我来到泥河沟村。一个拥有1000多年枣树，一个拥有古枣园的村落，它的文化形态怎样？毗邻黄河历经灾难的枣园何以存续千年？那些应对生存困境的民间智慧是如何在生活中体现的？这些都是我头脑中挥之不去的"谜"。初识这个古朴宁静的村落，窑洞与枝繁叶茂的枣树相映成趣，川道与纵横的沟壑相得益彰。在惊叹自然景观的同时，我深感遗憾的是，传承久远的村落没有文字记载，盘根错节、枝杈旁飞的枣树也无神奇的传说。在颇感失望的那一刻，我萌生了为村落寻找记忆的冲动。如果此时我不替它记录，等到进一步开发利用时可能为时更晚了。曾经的下乡经验告诉我，没有文字记载绝不意味着村庄没有历史，只是乡村的历史没有写在纸上、印在书里，农民对家庭的情感、对村庄重大事件的记忆，都展现在日常的行为中，深藏在泥土里。因此，挖掘村庄历史文化，口述采访成为唯一可行的途径。

　　入村之后，我曾寻找熟知村庄掌故的长者。村民都说武国雄是村里了解村史、记忆最多的人。当我想去拜望这位村里公认的最有学问的老人时，看到的却是回村给他烧周年的老伴和儿子。无缘与这位20世纪六七十年代的大队书记、小学校长谋面，使我越发理解了一个事实，那就是没有哪位老人等你采访之后再赶赴黄泉。我们所处的时代，变化实在太快，村落消失、老人离去的现实，使抢救村庄的历史成为迫在眉睫的工作。抢救这些资料就是在抢救我们共同的生活记忆啊！这件事情催促着我加快工作进程，通过唤醒村民记忆的方式，为泥河沟留下一部可以定格历史并呈现当下村落形态的文化志。2014年7月至2017年1月，我带领中国农业大学农业文化遗产研究团队先后驻村65天，采访了近百位村民。在收集口述资料的过程中，村民讲述的往事以及浸透其中的丰沛情感，给我们留下了深刻印象，为泥河沟采录一部口述历史的愿望也在这一过程中变成了现实。

为什么要抢救农民记忆中的历史？因为乡村在逐渐落寞，因为乡土渐行渐远。在传统社会，老年人讲故事具有重要的社会意义和文化传递功能。但随着录音机、录像机等电子设备的普及，人们对口头传承知识的依赖越来越小，老年人在乡村生活中受到一定程度的冷落。然而，就泥河沟而言，如果缺失了老年人的生活记忆和生命体验，村落的历史将是苍白的。也许有人会问，存留农民的生活琐事有那么重要吗？我们试想，一个人如果突然失去记忆，对曾经的生活全然忘却，那要如何面对明天？一个家庭如果没有共同的生活记忆，情感如何维系？同样，一个国家、一个民族如果对过往的历史缺乏最基本的了解和共识，国家就会无法发展，民族也会失去生存的根基。我们极力倡导抢救民间记忆，把它视为我们这个时代最急切的工作，就是因为那些足以留住根脉、凝聚人心的记忆，可能会在转身之间消失，与世代累积的乡村生活永久地告别。

2017年1月13日，当我们再次赶赴泥河沟时，前妇女主任郭宁过（1936年生）驾鹤西去。在前往村子的途中，我的脑海中不时浮现老人家的音容笑貌。2016年7月，我们到村的那天，老人扭秧歌欢迎我们的时候，还特地走到我的身边说："这秧歌是我专门给你扭的！"老人家传递的这份深情是我生活里难忘而美好的一瞬。2015年夏天我们采录村庄故事时，她曾幽默风趣地对我们说："当年来的时候，没有聘礼，也没有嫁妆，做了一套新衣新裤，骑着毛驴就糊里糊涂地嫁了过来。"也是在同一时候，她的儿媳妇回忆起一段往事：2012年，一场山洪突袭泥河沟村，她家的枣林由于地势较低，被洪水连树带土全部冲走了。洪水退去后，看着自己家的枣林只剩下光秃秃的石头，她痛哭了好几天。这期间，她总是不待在家中，儿子和儿媳妇都知道，"咱妈肯定是去她的

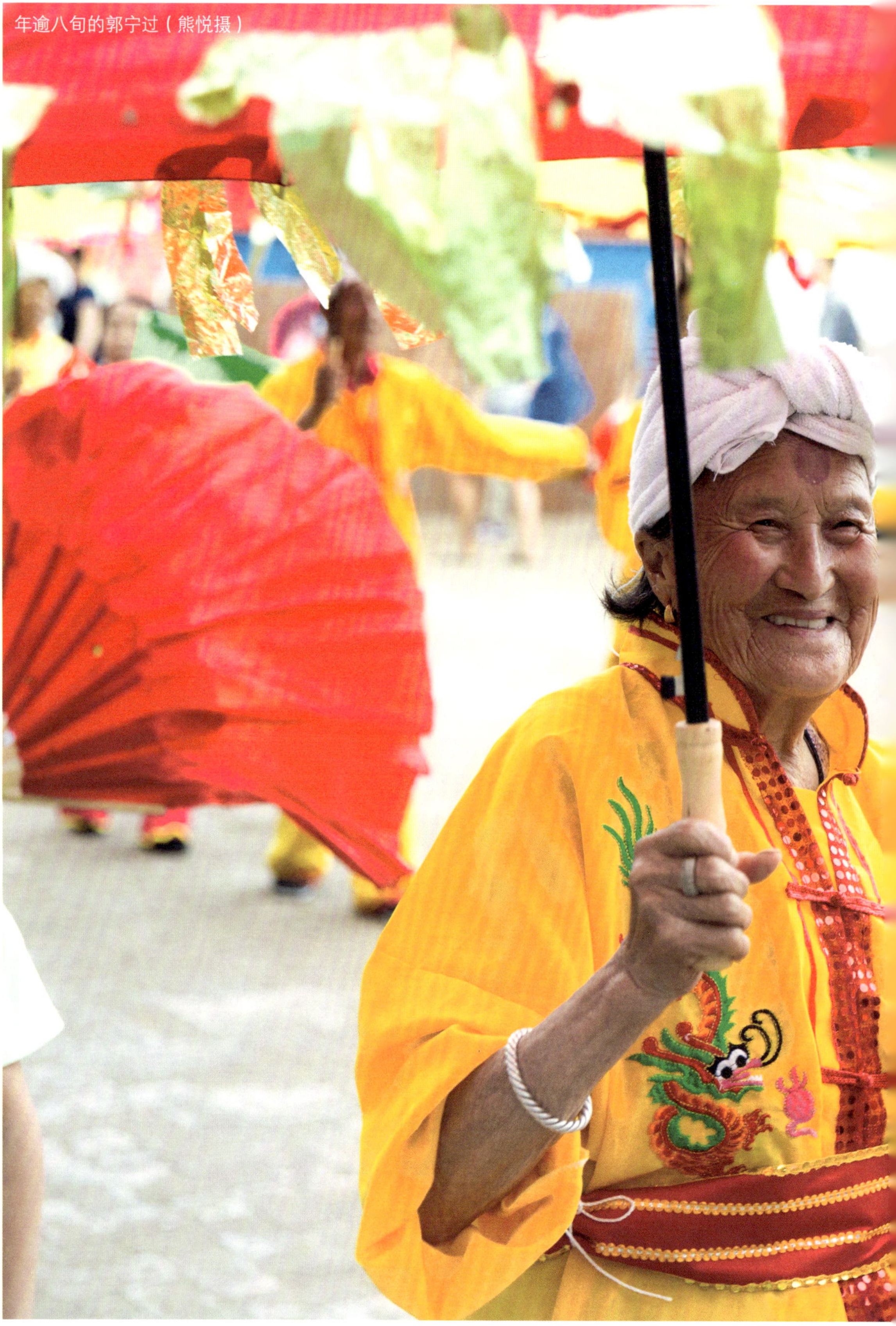

年逾八旬的郭宁过（熊悦摄）

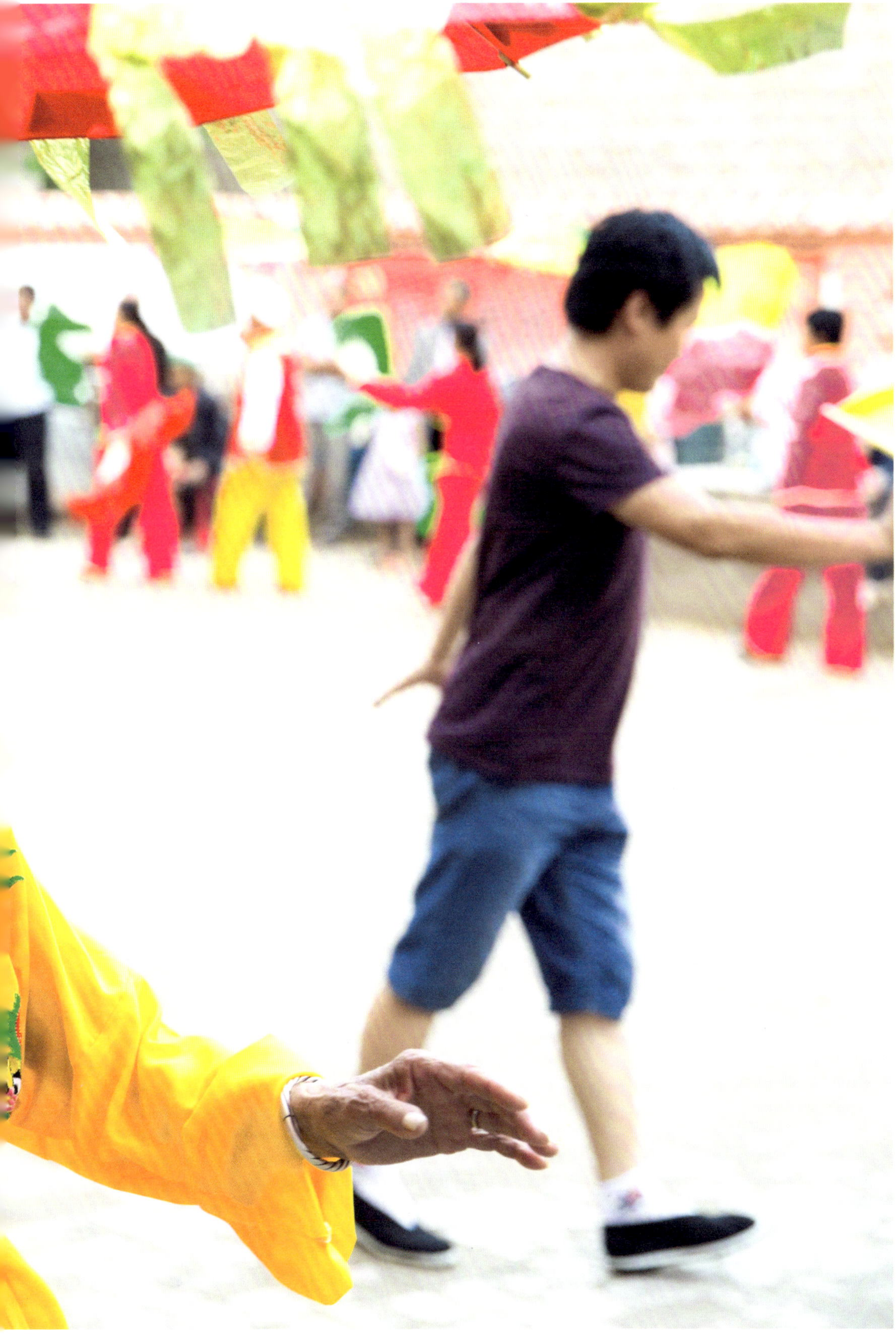

枣林哭去了！"更令我感动的是，当年老人家带领铁姑娘队、红色娘子军队，为保护枣园修建堤坝，用肩挑、用背扛、用拉拉车从山上运石头到黄河边的往事。我很幸运，能够亲耳听到她的诉说，与她一起重温过那段充满激情的岁月。而今，老人家走了，也永久地带走了她的故事。然而，在村庄里留有她的足迹、汗水、泪水，她曾在这里活过，她的名字难以写进大历史，却应该与泥河沟同在。

2017年4月10日，村中男性最长者武爱雄仙逝。我们2014年至2015年的调研就住在他的儿子武治洲的家里，紧邻着老人家的窑洞。他对这群远方来的孩子格外慈爱。我们第一次调研离村时，他拉着我的手说："我在家里待这么久，很少能听到有人叫我爷爷，自己的孙子回来也只能听到几声，但是娃们每天喊我爷爷，我觉得对不住娃们，没吃我做的饭，没喝我烧的水，我对不住娃们。"在泥河沟村绝大多数人有两个名字，武爱雄老人的小名叫玉书，我的学生都亲切地称他"玉书爷爷"。而今，鲐背之年的老人已远去，他讲述的片段往事却留在了我们的记录里。

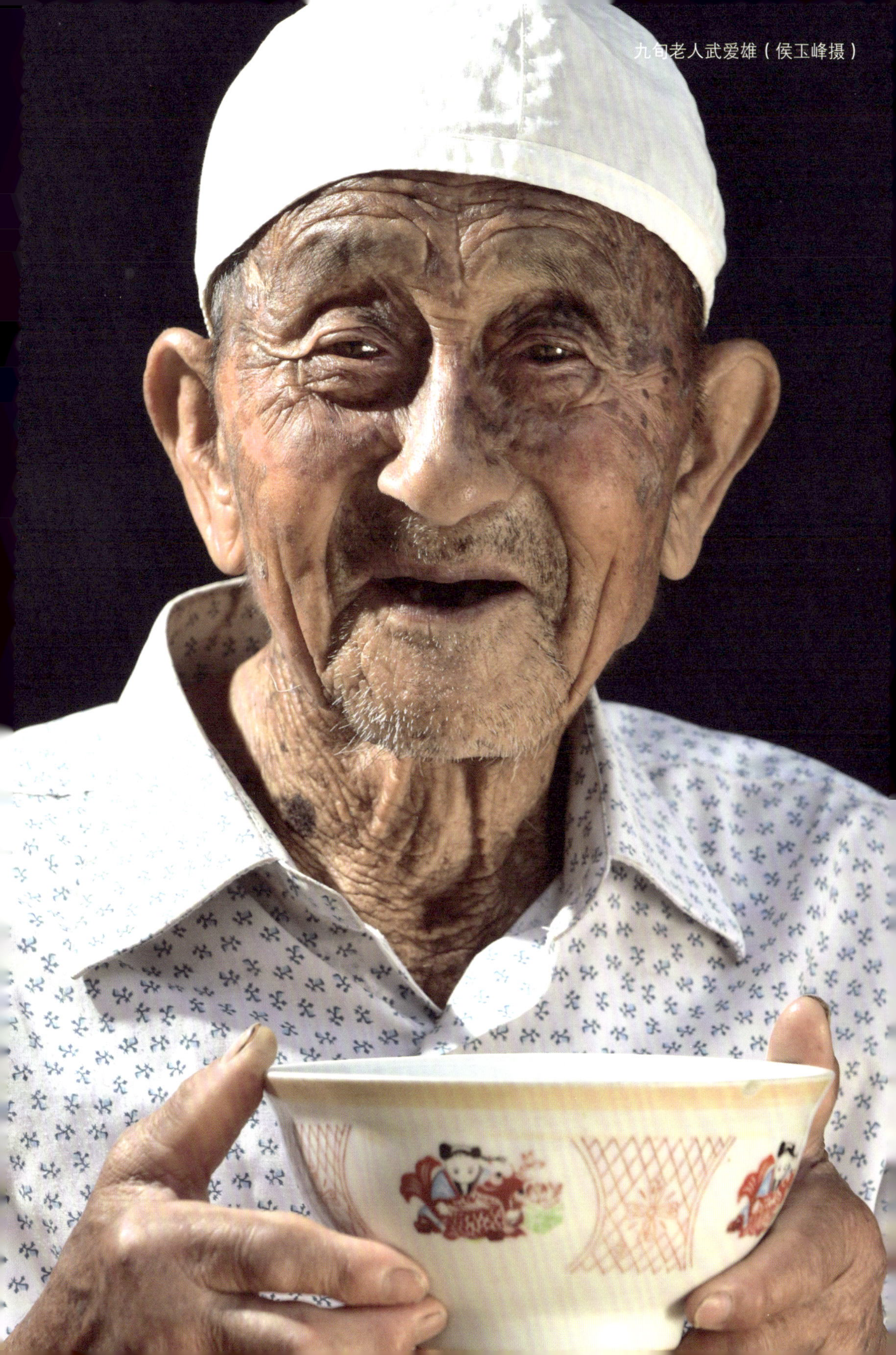
九旬老人武爱雄（侯玉峰摄）

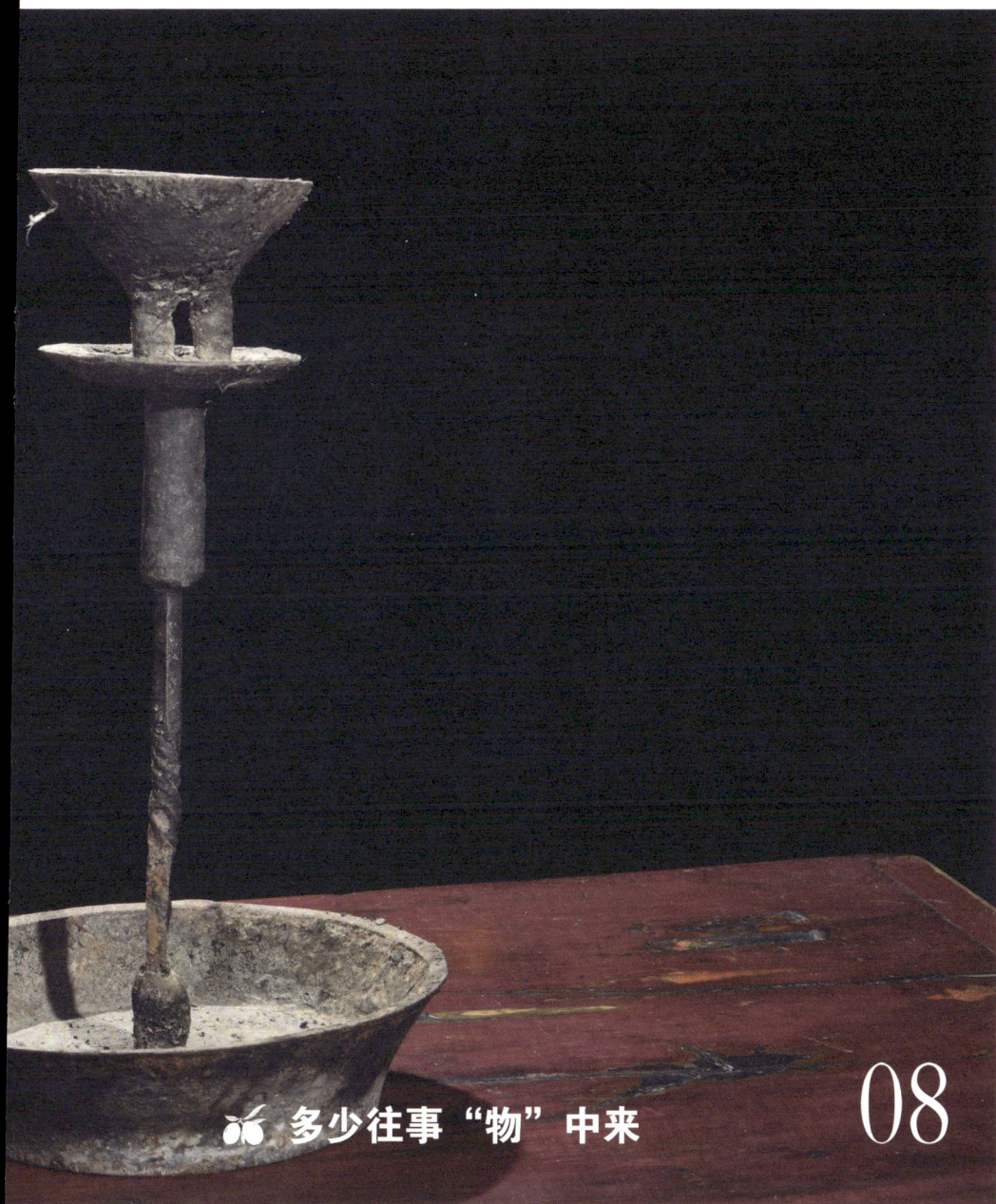

多少往事"物"中来

08

他家的杂物间里存放着军刀、马镫、练武棒、罗盘、清代油灯、油瓶子、织布梭子、纸灯笼等物品，简直就是一个小型博物馆。每个物件老人都能道出其来历和用途……

农业文化遗产保护行动是从联合国粮农组织到中国农业部，再到地方政府的自上而下的文化保护措施。农业文化遗产的特质决定了它不是一般意义上的文化保护，而是对整个乡村的保护，对农业特性、乡村价值的再评估，其终极指向是现代化背景下的乡村建设。换言之，就是希望通过这种文化干预，探索出一条通往乡村活化的有效路径。我一直认为，有一种力量可以拯救乡村，那就是村落生活中祖祖辈辈携带的集体记忆。因此，通过记忆的搜寻，使村民获得情感的归属，便是我们行动的起点。而与村民共同找回村落记忆，使其在参与保护行动中发生改变，最终成为农业文化的守望者、传承者，既是我们驻村调研工作的起点，也是社区营造的目标。

我们从搜集老照片、老物件入手，村庄的尘封往事得以呈现，也因此使口述史的方法得以应用，并在乡亲们愉快的讲述中，采写了父一辈、子一辈共同经历的家庭往事和村落故事。此事听起来不难，做起来却需要一定的功夫。你去走访村民说"老人家，给我们讲讲过去吧"，他会很茫然，不知道给你讲什么。但如果他家的院子里放着老锄头、木头把子，你把它拣出来说"这破木头杆扔了吧"，他会告诉你"那可不行，这是我爷爷用过的"，里面的故事可能就会一串串地讲出来。此时，"物"成了唤醒记忆的媒介，成了访谈者和受访者情感沟通的纽带。如果把录音笔往那一放，请老人家讲往事，十之八九他不知从何说起。但看到墙上挂着一张画像问他"这是谁呀？"老人回答说："那是我奶奶！"于是这老照片的故事就自然流出来了。所以从老照片、老物件入手是我们了解一个家庭、采录一段往事很重要的切入路径。

为了配合口述采访，2015年7月的调查我们将发现老物件作为一项工作主题。事实正如我们的预期，这项工作激发了很多老人讲述的热情。村里现存年代最久远的照片是武义平家的珍藏，拍摄于20世纪40年代。当我们把它拿到村民平时聊天的人市儿，立刻吸引了大家的目光和兴趣，人们都知道这是武义平的爷爷（武有严）和曾祖（武学堂）。当我们把1980年10月18日泥河沟学校全体教师留影和1981年3月5日八年级学生毕业合影拿出来时，村民们都围观并一一辨认，热闹的场景超乎我们的想象。30多年前的往事就这样被记起，好像老师们在六孔窑和十一孔窑上课的情景就在眼前。

尽管与学生逐户走访的日子已相隔3年，但武忠良家匾额的故事仍令我时常想起，而且常常伴有惋惜之情。他家的木质匾额刻有"序宾以贤"4个大字，右侧书"特授葭州儒学正堂加三级牛应未为"，左侧写"恩荣乡饮耆宾武殿阁立"。"序宾以贤"语出《诗经·大雅·行苇》，文曰："敦弓既坚，四镞既均，舍矢既均，序宾以贤。"此匾具体年代不可考，授匾的缘由不得而知。查阅《佳县武氏家谱》可知，武殿阁为泥河沟沙塄武佩环家族传承第三十八代人。另据《重修河神庙碑记》载，沙塄家族第三十六代祖先为祈安求福，重修河神庙，武佩环之孙、武友兰之子殿阁、殿英、殿杰、殿罡统领斯举。以此推知，武殿阁应为清道光至咸丰年间德高望重的地方士绅，否则不会有"乡饮耆宾"之名号，更不会得到葭州儒学正堂所赐的匾额了。

从杂物间搬出这块匾额时，武忠良（1944年生）对我说，家里总共有3块这样的匾。当我问询另两块匾的去处时，老人指了指灶台边上的风箱，看来多年前已经转化成实用之物了。当我再追问第三块匾时，他说："在儿子家，虎朝结婚的时候打柜子，缺一块中间的隔板，就把那块好木头给刨了。"为此，我还专门跑到武虎朝家，钻进柜子里去看去摸，遗憾的是，字虽有痕迹，却无法辨识。后来，我还对他们夫妇开玩笑说："虎朝娶了个好媳妇，家里却损失了一个文物啊！"

在采录口述史、搜寻老物件的过程中，与武岳林的相遇让我大开

武忠良的家藏（侯玉峰摄）

眼界。这位老人小名叫瑞全，主持修缮了观音庙、龙王庙和河神庙，对于泥河沟的历史颇有研究，是村里地地道道的文化人。2015年7月15日，我带学生重点走访时，武岳林家是我们的第一站。他家的"宝贝"真不少，各个都有故事。我称它们是"瑞全的私家记忆与珍藏"。

他的窑洞里有两张画像，是他的爷爷和奶奶。爷爷武建章当过保长，擅长处理周围几个村子的事。他的奶奶姓钞，不知名字，只知道是从大会坪大户人家嫁过来的。画像的原版照片拍于1953年，后来他的叔叔武生保到西北局工作，拿着照片到西安，让手工画师画下来的。除此之外，他家的杂物间里存放着军刀、马镫、练武棒、罗盘、清代油灯、油瓶子、织布梭子、纸灯笼等物品，简直就是一个小型博物馆。每个物件老人都能道出其来历和用途。有关马镫和军刀，老人家如是说：

我小的时候家里有十来个习武的人，家中有很多兵器。原先家中养马，后来随着时代的变化改养骡子等其他牲口，因而家中留有祖上清朝时留下的马镫。过去有钱人家孩子要么学文、要么学武，到合适的年龄去榆林府考秀才。只有有钱人家的孩子能请得起老师，会学些骑马、射箭、耍大刀的功夫。我祖上很多代家境一直是比较殷实的。那个年代家境比较好的人家会请会武功的人看家护院防盗匪。而受家里习武传统的影响，我也练过一阵功夫。原来我家住在村口前的东殿窑附近，后来搬到紫柏崖圪坜，搬家过程中翻出很多东西，其中就有军刀。

老人家里最令我称奇的是老文书、老账和地契。7月18日，我与两个学生禾尧、育航在搜寻买保家老物件时，发现1940年武王氏丧表，因不解其中之意，便跑到武瑞全家请教。老人在解答疑惑之后，从柜子里拿出一个木盒，打开的瞬间我惊呆了。清嘉庆十二年（1807年）十二月二十八立绝卖窑产土地文契、咸丰九年（1859年）聚庆堂的出租地账、同治六年（1867年）聚庆堂的出入赁窑欠账、咸丰五年（1855年）分衣物账、同治九年（1870年）和光绪四年（1878年）的各种文契、武建章（1945年）嫁女礼账、武玉书1942年十一月初八迎婚礼账、武瑞泉1964年古历腊月十六结婚礼账等，目睹这些泛黄却清晰可见的文字，我心生感慨，为自己对这个村子简单而粗暴的判断感到羞愧。我原来一直认为村落文化都藏在土里，都在枣树上，但是这个会讲历史的木盒子改变了我的想法。当我们一页页地欣赏了这些文书之后，老人又拿出了他的妈妈于1951年十月初二写的日记。翻开第一页，第一行写道："薛配英日记：一九五〇年正月初九日学习，年二十六岁。"余秋雨先生在他早年的散文集《文化苦旅》里写过一篇文章名为《抱愧山西》。我看到这些资料的时候，不得不说"抱愧泥河沟"。我曾在此前一年多的时间里一直认为这个村没有文字记载，往事只在老人的记忆里，所以才要从老人的口述中抢救历史。当我和他们深度接触后才发现，这里有文化、有记载，只是我的田野工作还没做到位。我一度认为已经了解了这个拥有千年枣树的村落，但当我看到这木盒里的珍藏时，心中只有"抱愧"二字了。

村里的文化人——武岳林（侯玉峰摄）

　　武岳林老人虽然只是孩童时期在本村小学读过几年书，但谈起泥河沟的历史，讲起武朝云开基定土的往事，无不栩栩如生。从福祸相续的宁河口到风水宝地卧虎湾，所有的故事全都了然于心。自1995年开始走村调查，我总觉得20年的时间已经让我对村落有了较深的理解。事实上，在深厚的民间土壤中，在没读几年书却"真有文化"的长者面前，我的认知视野实在是太有限了。美在民间，智慧在民间！

泥河沟村的"少安"与"少平"

在农民兄弟为了生计不得不走出家门的时候,在他们无暇顾及乡村,甚至为了生计而有些失魂落魄的时候,就让我们先来替他们守望吧。等时机成熟,等他们有一点心力建设家乡的时候,他们一定会感念所有人曾经的付出,因为故乡尚在,没有变成"无场所记忆"……

路遥在《平凡的世界》中塑造了孙少安、孙少平两兄弟形象，让我们在黄土地的苍凉中看到了普通人物不平凡的人生。他们是农民的儿子，家境贫寒，承受了生活中各种各样的痛苦和磨难，却精神丰富，从未屈服。孙少安是农村优秀青年的典型，他只想通过自己拼命地劳动改变贫困的状况，他的善良与付出、精明与能干，让我们始终能看到农村发展的希望。弟弟孙少平是农村知识青年的代表，在他的身上处处彰显的是与生活抗争中不服输的奋斗精神。他不贪图和哥哥合办砖窑的收入，赤手空拳地闯入陌生城市，先去黄原当揽工汉，又去铜川当煤矿工人，虽饱受艰辛，却从未放弃对生活的热爱。

我从第一次走进泥河沟村，就希望能在这里看到陕北的"少安"与"少平"。有些遗憾的是，村里绝大部分在外打拼的年轻人我都无缘相见，尽管他们的名字都有记录，他们的生存状况也略有耳闻。我在村调研的日子里，与将近50位青壮年有过交流，能叫出他们的名字，知道他们的家庭情况，也了解一些他们在外漂泊的经历。这之中，"70后"的军军、三卫、文耀、三军、永存、彩珍，"80后"的小斌、武雄、武飞、雄雄、江江、涛涛、艳霞、江伟等，都给我留下了深刻印象。在他们身上，我的确看到了少安和少平的影子，看到了他们奋斗的精神，看到了他们善良的心地。

1982年出生的武小斌是我进村之后结识的第一位年轻人。这位小伙子15岁就开始在通镇汽车修理铺打工，2013年回村开办沙场，其间曾在呼和浩特贩枣，在榆林经营烟酒批发店，也曾买车拉煤长途货运，可谓阅历丰富。4年的相处，武小斌带给我很多次感动。他曾在北京参加过梁漱溟乡村建设中心的培训，也去过广西和贵州学习那里乡村青年创业经验，以及各地年轻人服务家乡建设的方法。2016年，他率先在村里进行窑洞改造，开办餐厅并将其命名为"志愿者之家"。这块牌子的深意在于，他表明了一种态度，也践行了一种做法，那就是在为生计奔波的日子里，始终不忘家乡的发展，希望能因他的努力和付出而拥有更多关注泥河沟的朋友。

四年来，武小斌的每一点变化都令我欢喜，因为这些变化不仅预示着个人生命的改观，更是乡村未来的希望。2016年5月16日，我们曾邀请村里的年轻人和老年人代表来北京，在中国农业大学东校区座谈泥河沟的未来发展。19日，武小斌在给我的信中记录了他那一刻的心情。

感谢孙教授以及乐施会的支持，让我村村民来北京学习交流泥河沟未来3年发展规划。这次来京虽然有些事情没有办成，但来北京的结果让我非常满意而欢喜。更让我没有想到的是，刘源博士给了我们村一个乡建中心的宝贝资源。我代表村民感谢刘博士、感谢乐施会！

在孙老师的营地里，5个小时的会议很轻松很愉快地过去了。在这里有很多团队关心、帮助泥河沟的发展，泥河沟会很快发展起来的。古人有句话说，"打铁还得自身硬"，我们会自己行动起来的。会议结束之后还品尝了农大的美食，让我们感到很亲切。

在16日晚上和孙老师进行了3个多小时的拉话，虽然时间过得很快，但这是心和心的拉话，记得都不愿意分开了。我一个没有文化的小学生和你拉话，拉得这么投入，这是一种感情的因素。在我的人生中这是上了一次大学课。在12点分手的时候，一个陕北小伙子还是不由自主地流下了眼泪。这是见到亲人的感觉，我好久好久都没和亲人说这么长时间的话了。总之，这次旅途感到一种欢喜一种悲的感觉。祝孙老师健康！

这封信一直放在我的抽屉里，看到时就会想起这位陕北小伙子的细腻与真情。2018年6月15日，当我重返泥河沟住到武小斌的志愿者之家时，他的太太美玲说："我儿子都说了，爸爸变了！"当我追问他的两个儿子"爸爸哪变了"时，他们只是说"比以前会说话了"。其实，不只如此，妻儿所能感受到的一定是他源于心底的变化。

与武小斌年龄相仿的武飞，也是心系家乡的一位热血青年。他15岁起到神木打工，跟随师傅学习装修手艺。我们每次来村里，他都会特地从神木赶回村子，尽其所能为村里做事。他的口头禅是"我就是泥河沟走出来的人"。

除了这些"80后"的代表，"70后"的中年人也时刻惦记着家乡。武文耀在神木有自己的企业，在村里威望很高，2016年村里成立合作社，他是村民集体推出的负责人。2017年1月，我们在村里举办了为期一周的冬季大讲堂，他专程回来听课并与村民共同筹划下一步的发展。在4月24日武文耀给我的微信中，他说道：

从去年的冬季大讲堂，我发自内心地从思想上想了好几次。你来，我不见你，我的内心很不好，所以亲自回村听你讲了几天课。听你的课，以及你对泥河沟这几年的所作所为，所以就感动、感化了我的思想。实际上，我感觉我自认识你、跟上你，弄得我思想负担重了，脑子想的事就多了。从内心

武小斌的志愿者之家（熊悦摄）

的话，我原来过得很轻松，能吃能喝就够了，不考虑别人任何事。但你的这种精神打动了我，我就不得不跟上你，去推动泥河沟未来的发展。自己脑子里想的事情多了，总想给泥河沟办点啥事，所以负担越来越重了，只能跟着你走！

2017年9月3日，泥河沟古枣园微信公众号推出了我的一篇随笔《乡村叙事与田野工作的滋味》，抒发了我在村里采录口述史的复杂心情。文章推送后，村里好多年轻人给我发信息，或直接在文末留言，表达感激之情。江伟说："今日有幸拜孙教授所感，读到三分之一泪眼模糊着看完，更多的是惭愧，未给家乡发展尽到力量。2017年7月和媳妇举家搬回泥河沟，秉着对家乡的热爱，也对家乡未来发展充满信心，望今后能得到孙教授的指点，也希望呼吁更多的年轻人关注家乡，为家乡发展做实事！"除了我知道名姓的，还有未曾相识的年轻人留言："看到您的文章，想想离家已有好几年了，每次回家都是急匆匆的。但每次到村里都是不一样的面貌。到村口看着家家户户的炊烟袅袅，听着戏楼圪洞上男人们拉家常，闻着谁家炖肉的香味，儿时的记忆瞬间浮现在脑海。虽然我与您素未谋面，但非常感谢孙教授对村里的支持和指导。愿我们的村子越来越好！"有一位叫武宋的朋友说："虽然无缘见到孙教授，但衷心地感谢孙教授及其团队对泥河沟村的关心及付出，也对自己为了填饱肚子背井离乡，未能为家乡的发展做一点贡献表示深深的自责。多希望自己就是那孙少安，能带领大家脱贫致富，并不辜负祖祖辈辈的枣缘梦。"

2018年1月1日，C太太的客厅和乡村文化人微信公众号，相继推出我在北京史家胡同博物馆的讲座录音稿《口述历史的制作与村落文化的发掘》，之后，村里的年轻人雄雄留言说："刚刚看完，抬头一看外面已经飘起了雪花，年底了，希望大家都好好的。文章很感人，不喜欢阅读的我竟莫名地喜欢这些文字、文章，也许是因为它与我家乡联系的缘故吧。看到孙老师为武忠兴一次次戴帽子的时候我不禁湿了眼眶。他就像是我的大哥，一位特别温和的亲人！最后我还是想说那句话：其实有好大一部分人是想留在村里的，问题就一个，我们回去该做什么，能做什么，首先得考虑怎样生存！"是的，村里要发展，但此时的年轻人更要生存，二者如何结合，正是我们积极探索的路。

在今天的乡村建设行动中，有很多人主张农民返乡。人，当然是乡村保持活力的重要条件，关键是要看何时返乡。我们不能拒斥农民外出务工，如果农民都留在乡村，又没有支持他们生存的产业，那农村就真的崩溃了。对于绝大多数农村来说，农民走出去才有希望，否则他们就没有生存的基础。我们所生活的这个时代，农业科技的进步，农业机械化水平的提高，已经为节省人力创造了条件，农村劳动力的转移已成必然趋势。从人性关怀的角度视之，现代化已经拓展了村民的生活视野，年轻人有资格享受全球化时代的福音，没有什么理由把他们禁锢在土地。就像浙江青田，侨乡的年轻人都到法国、意大利、西班牙等国谋求发展，但只要他们还牵挂着家乡，总有一天会回归故里。所以我曾在贵州大学讲座时说，在农民兄弟为了生计不得不走出家门的时候，在他们无暇顾及乡村，甚至为了生计而有些失魂落魄的时候，就让我们先来替他们守望吧。等时机成熟，等他们有一点心力建设家乡的时候，他们一定会感念所有人曾经的付出，因为故乡尚在，没有变成"无场所记忆"。

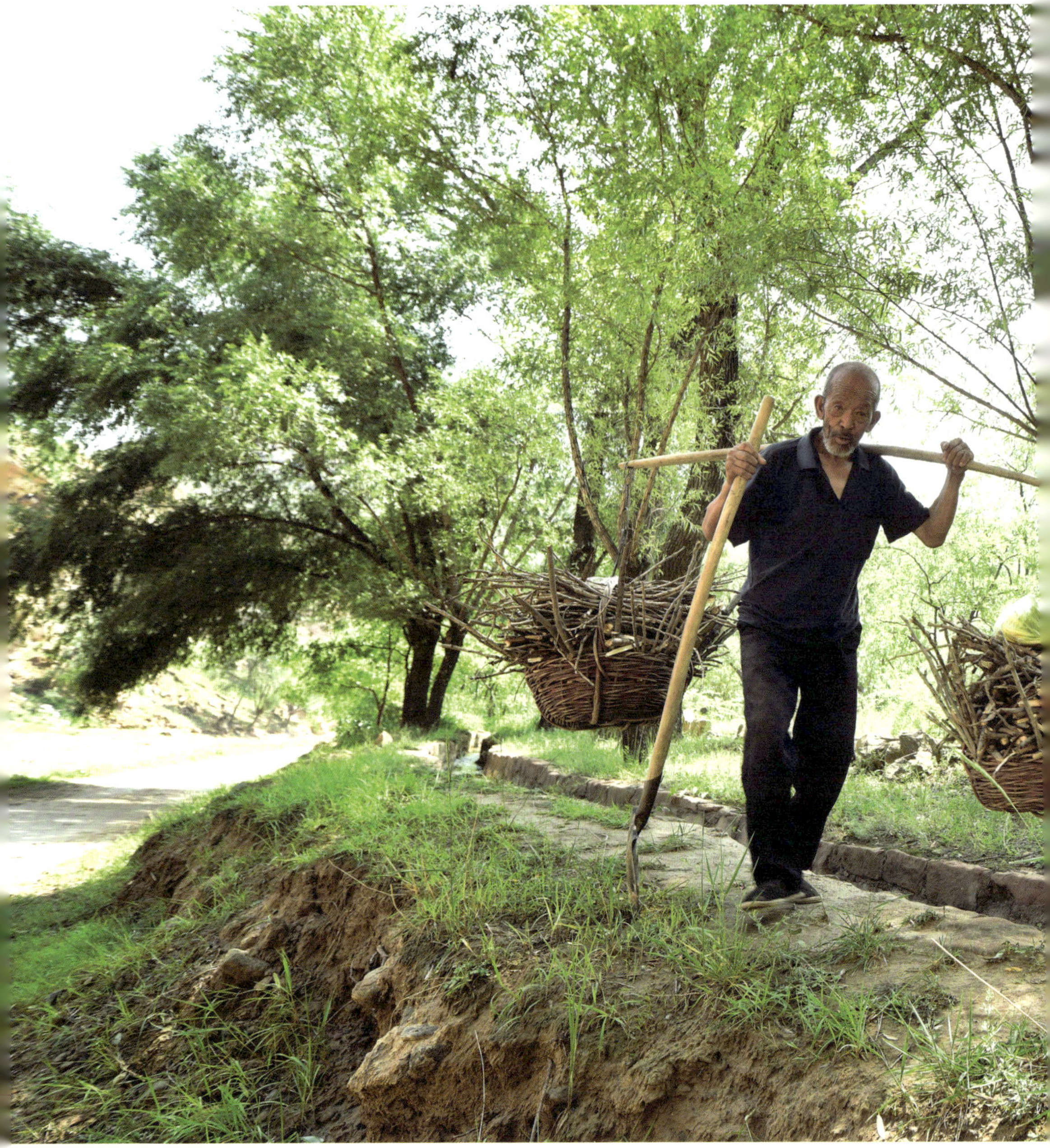

车会沟里的老人部落

老人们的故事时间跨度长达几十年，但四五十年前的事情，他们却记忆犹新，宛如昨天。我们的口述史采录工作，给老人们创造了一种条件，让他们有机会清晰地自我叙述，不仅仅是对过往生活的回忆，更是让他们重新获得了自信……

今天，泥河沟村和中国的绝大部分村庄一样，是一个以老人为主体的村落。这些曾经叱咤风云的人物，风光已逝。尽管现实处境越发使他们失去了自信，但是村落的历史不应该忘记他们曾经的作为。在我们所处的时代，如果说村庄还有文化复育的可能性，仰赖的正是唤醒老人们尘封的记忆，听闻他们的人生故事。在他们的个人经历中，有村庄的往事，有乡土社会里的人情冷暖，也有国家和时代的深刻印记。

从2014年6月起，我们走访了在村生活的绝大部分老人，并大致勾勒出了泥河沟村的文化形貌。无论是石匠、铁匠、艄公的独门绝术，还是乡村读书人的满腹才情，总是会刷新我们对乡村平淡生活的认识。

当你走进古枣园并被古树群落吸引的时候，村里流传甚广的一个故事就会引起你的兴趣。泥河沟的枣树究竟有多大？看到周长3.41米的枣树已经很神奇，但听到村民的讲述更是超乎想象。20世纪80年代中期，一位村民到西安打工，工友们闲暇时都会说说自己村里的奇闻逸事。在谈到枣树的时候，这位村民说："你们村的树都太小，我们村有一棵大树，打枣时一下子能爬上48个人。吃饭的时候都得吹哨，要不他们根本看不着！"泥河沟的枣树被吹得有点玄乎，但是乡民们却讲得津津乐道。虽为戏谈，却把村民热爱家乡的情感表现得淋漓尽致。

我第一次走进泥河沟的时候，就听村民讲过这个故事。当时就像听笑话一样，一闪而过，没有打听这位"吹牛大王"的姓名。2015年7月，我第四次驻村调查并关注一个又一个水利工程的时候，知情者挂在嘴边的一个名字，让我不得不追问这位人物的来历。也就是在那一刻，这位有神奇本事的村民，才和在西安吹牛枣树之大的原创者联系在了一起。这位可爱的村民就是年逾八旬的武忠兴（1934年生）。

泥河沟村属于黄河沿岸土石山区，旱涝灾害频繁。因此，村民们历来重视兴修水利、黄河滩地的保护和利用。村里的水利系统由两部

志愿者团队探访车会沟（熊悦摄）

分构成：一个是灌溉系统，一个是防洪系统。"闷咕噜"、倒虹、顺水坝和顶水坝等一系列水利工程，都是村庄的标志性建筑。它们承载了自20世纪60年代以来，村民适应自然、寻求生存之道的艰难历程。谈及这些有形的物质见证，村民就会提起这位在村中早已默无声息的老人。武忠兴老人终身未娶，但在村民的讲述中，他也曾拥有过炽热的爱情。他没有读过书，却拥有聪慧的头脑。村中20世纪80年代之前的水利工程他都参与过。他有观察地势的本领，带队施工凭的就是经验。据说，水利工程师设计的方案，建成之后往往经不住大水的考验，但是按照他的套路完成的工程，却总能安然无恙。这种没有规划图纸的工程，在村民的心目中简直就是神话，几十年之后，依然被传颂。

武子勤（1933年生）是村里颇有名气的老石匠，1960年至1966年是泥河沟村的大队长。这位耄耋之年的老人，因为父母走得早，一天书也没念。武子勤从12岁就开始放羊，15岁开始下地干农活，17岁的时候和叔伯哥哥武子良一起找到米脂县的马成林拜师学手艺，在之后的50多年里，修窑打坝成为他的主业，十里八村的老百姓都认可他的技术。在与我们的多次拉话中，老人家最得意的有两件事儿，一是在与村书记武世忠搭班的时候，他主要负责给村里修建了六孔窑小学；二是他给通镇粮站退粮3000斤。

1960年正是三年困难时期，太阳晒得红，地里面都不长粮食，粮食都是从外地拉到粮站给咱们供应的，有红薯、麸子、玉米皮。起初我们要去通镇的粮站办手续，一般都是两个人一起去，可以互相核查以防数字出错。我当时是一个人去的，村里人说一个人没问题。没想到最后从粮站多拉回来3000斤粮食。村民们说，大家把多出来的粮食分了吧。我说不能分，毅然决然把3000斤粮食退给人家了。之后，每个月我去粮站办手续的时候，人家没让我排过一次队，说你是泥河沟的，有20公里[1]路，你远你先拉，拉了你先走。后来每次办手续都是我一个人去，买好之后全村人去背回来吃。

泥河沟村临近黄河，浮河是村里人的一项生存技能。对于从小与黄河打交道的大部分男人来说，他们都记得光屁股、赤脚丫子在石

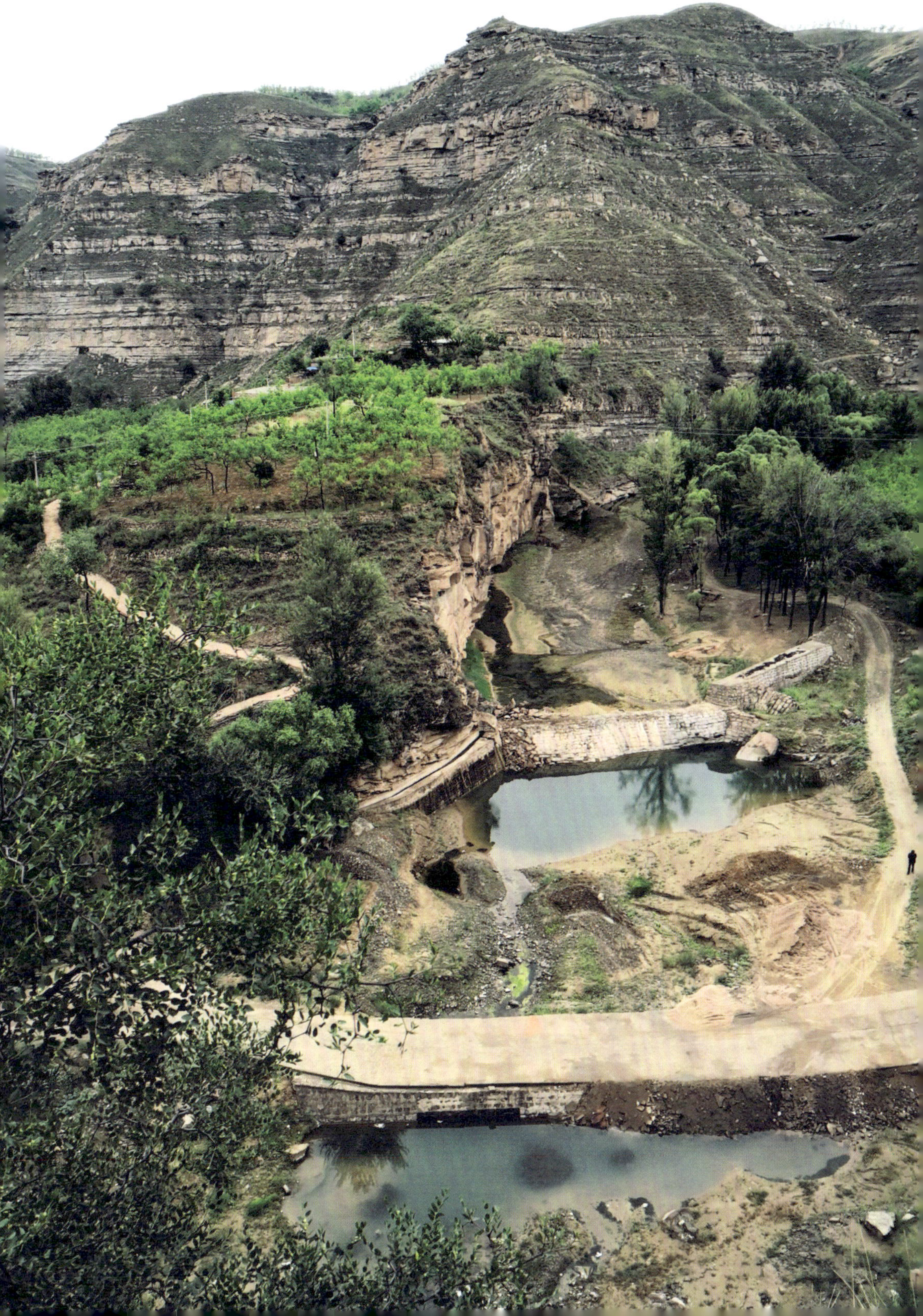

水利枢纽“闷咕噜”（孙庆忠摄）

黄河滩牧羊（贾玥摄）

头林里乱跑的场景，也会讲起从村口前岔湾到二道栈逐浪嬉戏的往事，但却说不清是什么时候是怎么学会的这项本领。武占都（1940年生）、武占强（1956年生）兄弟是村里有名的老水手。武占都老人已年近八旬，当我们问他艄公是否就是舵手时，他说："海上有舵手，我们叫水手，掌舵的人是掌舵的人，艄公是艄公，就像开车，司机是司机，副驾驶是副驾驶，不一样。艄公在船的中间，我是老艄，在船的最后，主要工作就是负责看着河水，水浅了就让船往水深的地方走，避开水里的石头。开船可比开车难度大，有人当一辈子小艄公也学不会溜船的要领。"通常情况下，每个村子都有那么三两个会溜的，在泥河沟村当艄公的人很多，但能溜船的只有武占都和武忠实两个人。

武占强小名叫花生。他是村里的多面手，年轻时参加青年突击队和石工队，村里打坝、修梯田、建"闷咕噜"和漫水桥等工程他都出过力，可以说是村里的能工巧匠。然而，在他的讲述中似乎最值得称道的是他与黄河搏击的本领——在惊涛中救人的往事。

令村民每每想起都不寒而栗的1976年船难，有21人丧生。那时候，赶集买粮要过黄河到山西临县的第八堡镇。八月初五那天，有100多人乘坐村里新买的大船前去赶集，武占强和父亲、侄子就在人群之中。回程时船上又增加了100多只羊和几千斤粮，船体重再加上风浪大，结果船就慢慢地溜走，无法控制，撞到了几丈远的虎石圪垯的礁石上。船的豁口越来越大，连船带人一块儿往下沉，船上的人见势不对，有的往河里跳，有的往大石头上跳。此时，武占强潜水绕到船下，从船头游回到了岸上。

我往岸上跑了大概几十米，回头看的时候发现河里还有很多人，就

武忠凯老人泼墨挥毫（熊悦摄）

想也没想又返回去救人。船顺着水溜到麻月子渠搁浅了。我跳到船上，把梳子拔掉，放下棹，扔到水里。水里的人抱住棹，我在曹家沟把他们拉上岸，又救了13个人。没过多会儿，洪水把船底的沙子冲掉了，船又漂走了，但是船上还有1个人，是一个背锅锅的老汉，有点儿残疾，身上前后都长满疙瘩。我和小林、世峰看到了他，我们3人又游回船上，船已经被冲到靠陕西这面，我们仨把老汉给救了，老汉后来一直到十几年前才去世。到这会儿，能救的算都救了，不幸过世的也没办法了。我救人拉羊的这段时间，我侄子明明也浮回岸了。我们两个算是活下来了，我父亲却没能活下来。我当时救人的时候，也没顾上我父亲，想着能救着一个算一个，也不管是自己村里的还是别的村的人。到现在一想到当时没能救了我父亲，我就很难过。

村里除了舍利取义的老队长、救人于危难的老水手之外，还有一生默默无闻的老才子武光勤（1942年生）。与他相识已是我们集中调研的后期。这位年逾古稀的老人，16岁考入通镇中学，毕业后返乡参加生产队劳动。1970年举家移民上高寨乡李治村，5年后迁回泥河沟。他家居住在后河上，平时很少出现在前村的人市儿中。2016年1月9日，与老人在后村漫水桥偶遇，并询问有关村里地名的由来。老人家条理清晰的表述，给我留下了特殊的印象。在后来的采访中，他的讲述令人心酸，也理解了老人家的人生态度。他说自己出生在剥削阶级的家庭，土改后家里只剩下少量的地。最困难的时候，他曾跟着母亲在山西周围讨过饭。"文革"时期，他虽然读书很好，但不能像其他同学一样享受正常的助学金和补助款，不能接受正常的工作分配而被迫回乡务农，不能在水灾、旱灾的时候领到救灾款。回首往事，虽

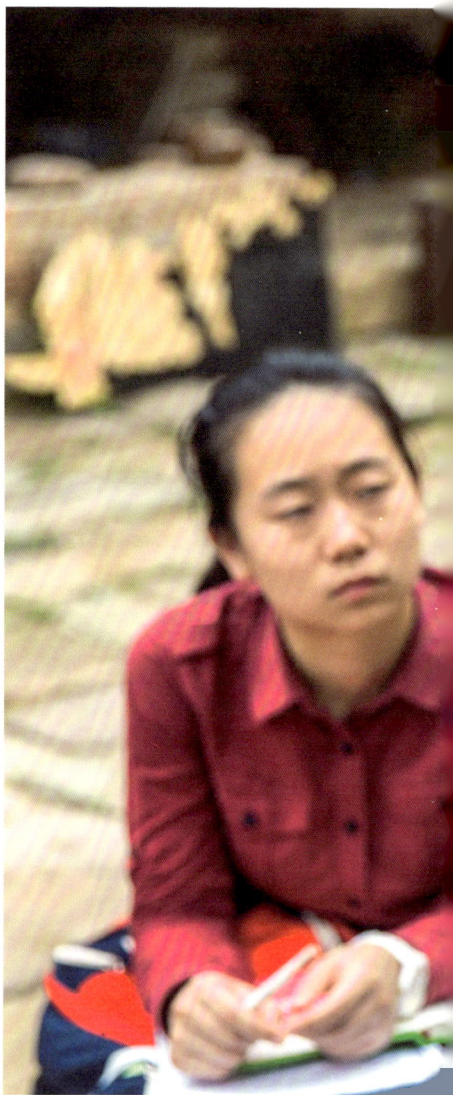

武光勤在接受采访（熊悦摄）

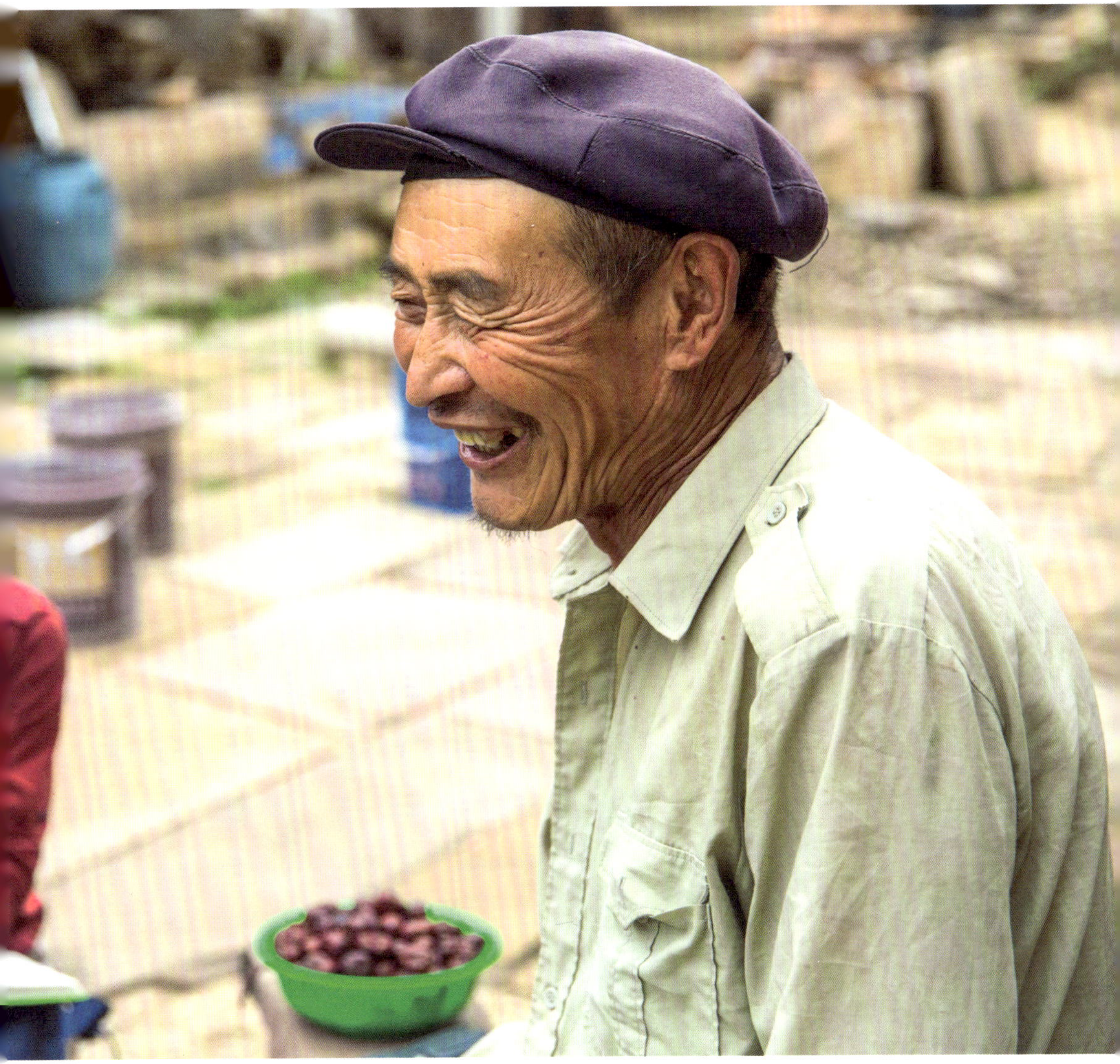

然说自己生活艰难，但也接受了这些事实。

令我有些诧异的是，这位曾经刻意躲避我们的老人，竟然在开口讲述之后焕发了巨大的创作热情。我们采访的第二天，老人把他几乎一宿没睡赶写的快板词送到我的手上。这篇《五十年村史回忆》将泥河沟村的自然风物与人文历史娓娓道来，将水灾、移民、修河坝等重要事件次第呈现，可以说是村庄数十年的全息图景。快板词虽短，却展现了村民对家乡发展的热切期待。在篇末，老人家还专门书写了中国农业大学师生在村里工作的状态与愿景。

> 天下红枣第一村，传到中国农业大学门。
>
> 不辞劳苦孙教授，古枣园保护大启动。
>
> 千里迢迢奔陕北，师生多次到我村。
>
> 亲自上门访村民，真实情况了解清。
>
> 湾塌坡峁遍走访，山山水水都论明。
>
> 师生村民亲如兄，不怕疲劳争秒分。
>
> 一心改变旧困境，精测细绘巧设计。
>
> 脱贫致富换新容，泥河沟村民牢记心。

正是通过对村中老人群体的走访，以及十几位长者的倾情讲述，我们走进了陕北的乡村生活。他们说的是个人的亲身经历，但组合起来就是村庄的历史。老人们的故事时间跨度长达几十年，但四五十年前的事情，他们却记忆犹新，宛如昨天。我们的口述史采录工作，给老人们创造了一种条件，让他们有机会清晰地自我叙述，不仅仅是对过往生活的回忆，更是让他们重新获得了自信。在这样一个快节奏信息化时代里，老年人已经觉得自己是被抛弃的一代人。农耕生产，他们的体力不支了；对外联络，他们的眼界不够了。然而，正是在这种讲述的过程中，那些被封存的农耕技艺、生活智慧，都源源不断地从历史中走来。他们也在这个过程中觉得自己是有意义的、有价值的。于我而言，作为老人家的晚辈，我也在这个过程中不断问我自己。我们走到乡村，用什么样的情感去温暖这个已经冷却了的村落？用什么样的行动去温暖那些孤独老人的心？做口述史，表面上我们在问询他者，实际上是在问询自己，表面上是在记录别人，实际上是在叩问我们自己的心灵。因为正是这看似平淡的口述采录，却在见证着我们彼此的生命意义。

注释

[1]　1公里等于1千米。

🍑 他们的生命被温柔对待过　　11

她感慨地说：“我这一代走出乡村的同龄人，的确都不了解自己的村庄了，甚至我妈妈在村里生活了五十几年也从没有去过那片深山。”因此，她很羡慕那些因我们而留有故事的村民，如果她的爷爷奶奶辈，那些普通老百姓，也能有这样讲述的机会，好像他们的一生也被温柔对待过了……

　　2018年5月27日，《中国慈善家》杂志的一位记者，在看了我们为泥河沟村老百姓所做的口述史之后发信息告诉我，她出生在山东沂蒙山区的一个小山村，爷爷奶奶和爸爸妈妈还生活在那里。她从中学开始住校，也曾一度厌恨家乡的贫穷、闭塞和压迫，也因此在情感上始终与故乡割裂，甚至再不愿意回去。后来做了记者，懂了一些中国社会的复杂性，才重新想了解自己的出身和来源，了解自己的家人。2014年，因为奶奶生病她回到老家，和表弟表妹一起爬了村周围的五六座山，见到了1949年前村民躲避土匪在山顶修建的石屋，听爷爷讲述了村庄流匪绑票杀害几百人的历史，见到了1949年后爷爷一辈修建的水渠。她感慨地说："我这一代走出乡村的同龄人，的确都不了解自己的村庄了，甚至我妈妈在村里生活了五十几年也从没有去过那片深山。"因此，她很羡慕那些因我们而留有故事的村民，如果她的爷爷奶奶辈，那些普通老百姓，也能有这样讲述的机会，好像他们的一生也被温柔对待过了。她长长的微信令我特别伤感，活一辈子，又有多少生命被温柔对待过呢！

　　这位记者所言及的口述史是一部怎样的村史？村民个人的口述与村落、与国家又有着怎样的关联？这是一部我们与村民共同完成的作品，采录编撰的目的是把村庄的历史与当下连接在一起，让这个没有历史记载的村落，拥有自己定格的历史。我们搜集的老照片、老物件、老文书，承载了一个又一个家庭故事和村庄故事；我们抢救的口述资料，裹挟着村民对传统和过往的集体记忆。这部口述史由3类人群的讲述构成：第一类是长期居住在村中的农民；第二类是不同时期流动出村的人士；第三类是为佳县枣产业和村庄发展立下汗马功劳的地方干部和文化工作者。在看似平淡的讲述中，他们的人生体验带给我们一次又一次心灵冲击。无论是"为枣卷卷顶神神"的武爱雄，还是"后村孩子王"的武国柱（1933年生），无论是"借个毛驴儿娶媳妇"的武子周（1947年生），还是讲"红枣就是我命根子"的武买保，那些人、那些事、那些物、那些记忆，不仅展现了陕北的地域风情，也张扬了叶与根的情义。

因此，在村民零散的生活片段中，对自然的敬畏、对灾害的记忆是最为核心的主题。一辈又一辈人拦河筑坝，一代又一代人守护滩地枣林。在这些应对灾害的生存智慧里，是与枣树同步成长的青葱岁月，是被黄河推走的青春时光。在这块贫瘠的土地上，那些村民不堪回首的往事总会不召自来，走40里山路去通镇背粮的艰辛历历在目，移民山西、内蒙古的窘迫犹在心头。1976年发生黄河船难，21条生命的离去更是村民最痛楚的记忆。当然，恩威并济的大自然带给他们的，也有言说不尽的欢乐与幸福。诸多能工巧匠的文化创造，使窑洞、河坝、漫水桥等工程成为村落的标志性建筑，使湾塌坡峁梁成为可以驻足欣赏的人文景观。在这些村庄事件的叙述中，石匠武子勤、艄公武占都、铁匠武耀增、主持修缮村庙的武岳林、两度当选村书记的武世峰，他们的人生起伏是不同时代村落生活的投影。在这组老人群像中，王春英是唯一的女性。她18岁嫁到泥河沟，像养孩子一样栽种、呵护着枣树。这份特殊的情感使她与这块土地、与黄河、与拦河堤坝紧密地联系在一起。她从母亲的视角讲述了集体化时期白天出工修田背石、晚上回家织布缝衣的生活状态，贯穿其中的是人与枣树、人与土地、人与大河的复杂情感。

除了这些生活在村里的老人，20世纪50至70年代，因读书、招工、当兵而走出村庄的人，离乡虽久，却思乡心切。改革开放后，游走于城乡之间的"60后"、"70后"和"80后"，有读大学出村的武三卫、武琳，有在外创业打拼的武子军、武永存、武飞、武雄，也有回村创业的武小斌。在他们的讲述中，有乡村带给他们的幸福和失落，有走出乡村之后遭遇的种种无奈。无论是为了生活舍不得吃穿的打工仔武龙、"一喝酒就想家，就想爸妈"的武振雄，还是14岁离家当保姆、"看到枣就会想起家乡"的武艳霞，他们的人生际遇都代表着一代乡村青年对生活的梦想。他们的回忆里有孩童时期在村中玩耍的天真烂漫，有生活困难时期的苦中作乐。追忆时，这些都已转换成他们对村庄的拳拳深情。这些生动的故事告诉我们，不论路途有多远，不论时间有多久，他们的生命都与家乡这片土地紧紧地联系在一起。在这一群体中，武开章之女武越（1945年生）是一位特殊的村民。作为老一辈革命家的后代，她出生在当时位于神木县贺家川的贺龙一二〇师卫生部。虽只在年幼时随母亲在泥河沟住过一夜，却始终心系故土。2000年第一次回村省亲之后，她便开始奔走筹款，为村庄修路、通自来水、修建水渠、建设开章小学，尽心尽力地改善乡亲们的生活。

在泥河沟村的历史里，还有一类人不能忘记。他们虽然不是村民，却为村里的古枣园、为佳县的枣业做出了特殊贡献。为佳县寻找脱贫路径的老县委书记许浚，为有机红枣产业立下汗马功劳的县人大常委会主任强国生、工商联主任高剑利，把每位村民都放在心上的驻村干部苗小军，他们的讲述让我们看到一种力量，看到地方干部为一方百姓付出的努力。尤令我们感动的是高峰，1978年，他从西北农学院毕业后就开始研究佳县枣树，并一直守护着泥河沟的古枣园。在他的人生经历中，凝结着为枣乡人民所付出的心血与情感。科技部挂职干部刘耀和《科技日报》记者李大庆，则是佳县古枣园申报全球重要农业文化遗产的幕后英雄。他们回忆的点点滴滴，揭秘了千年枣林走出深闺的多种机缘。我们通过口述史的形式将他们的经历定格于此，就是希望后辈子孙记得这些不应成为云烟的往事。

为泥河沟村做一部口述历史，至少可以体现两方面的价值：一是重建人们活过的日子，将小地方与大社会联系在一起；二是以生活记忆的方式呈现陕北地域文化，使之成为凝聚乡村、实现社会再生产的情感力量。

这项采录口述资料的工作，让我们获得了有关当年青年突击队、铁姑娘队、老愚公战斗队、红色娘子军队建设泥河沟的记忆，村中那段激情岁月也因此得以重现。而对那些漂泊在外却心系家乡之年轻人的访谈，让我们感受到他们"跃出农门"的强烈愿望和栖居城市的生存困境。他们创业打工的经历，是30多年来农民群像的缩影。因此，他们的人生起伏不再是一个村落的故事，而是中国农民共同的生命历程。翻阅这些口述记录，小规模的社群生活、重大的社会结构和社会事件之间的内在关联，就会鲜活再现。

在这个古老的村落里，我们可以与千年枣树朝夕相伴，却难以揣度它们所经历的世事沧桑。而今，在它们悄无声息的凝注下，我们问询泥河沟的历史，记录村落的当下形态，其深层的意义在于不让我们的子孙丧失与祖先对话的能力。尽管社会飞速变化，好像只能徒留"转身的忧叹"，但是透过33位村民的生活叙事，我们可以直接触摸陕北的村落民俗文化。在这部多人讲述的村史中，每个人的命运都与黄河、与黄土地联系在一起。从拜师学艺当石匠到拉船运输做艄公，从修田筑坝到"奶菜""浮河"，从龙王庙、河神庙的重修到枣神菩萨的供奉，都展现了沿黄民众的生计方式和生活形态。尤其是正月初三至初五的打醮仪式、三月十二的佛堂寺庙会，这些传统仪式每年的如期展演，创造了历史与现实、心灵与身体相互融合的文化氛围。这种不断被激活的集体记忆，表面上看是村民在重温过往生活，其实质却是村民以文化记忆应对现实处境的生存智慧。在民众的心里，神明不仅可以安慰心灵，还可以存留文化记忆，它在传递生活知识、培育文化人格方面具有一定价值。诚如作家孔见所言："充满魅惑的世界令人恐惧，但过度祛魅之后，世界就变得无比荒凉，变成了一望无际的塔克拉玛干，生命的灵性也失去了滋

与陈巧生老人攀谈（于哲摄）

养，成为一种枯萎的存在。而狭隘的进步观念，怂恿我们以背叛过去的
方式来建构未来，以毁坏自然的方式来兴盛人文，从而走上一条越来越
偏狭的道路。"对泥河沟村的研究让我们深切地体会到，一种文化能够
持续，能够撼动心灵，必须有信仰的支撑，它是民众心目中美好愿望的
表达。正因为祖祖辈辈心田的滋养，文化的种子才得以存生相续，并在
因应时代的变奏中幻化形式，重现生活。打醮转九曲、唱戏敬神等传统
仪式的复归，不是让我们重返过去，也不是让我们在传统文化中获得心
灵的慰藉，而是通过重塑村庄的集体记忆，在历史与现实碰撞中找到自

身存在的真实感。这也是乡村文化传承不息的内在动力。

在这个村庄凋敝、生活记忆不断被删除的时代，老年人无力言及农耕经验。尽管其中蕴含着当地人强烈的生命意识和环境意识，但年轻人迫于生计无暇顾及乡村，甚至为了生存而有些失魂落魄。那么，如何促发乡村的改变？如何让农民重新发现乡村之美，进而激发他们对家乡的归属与认同？最为根本的前提就是乡村文化的复育。我们以民众参与的方式，与村民共同找寻历史，让没有自信的老人感受到自我存在的意义和价值，让他们有了守望的热情。与此同时，我们这份力量的注入，也让那些背井离乡去打工的年轻人有了回望的心念。无论是老人的守望，还是年轻人的回望，正是这份怀旧和乡愁，不断地激活他们热爱故乡的情愫，支撑着他们营造一个诗意栖居的精神故乡。就此而言，这部熔铸着生命体验的村落历史，不仅承载了柴米油盐中难以割舍的情感记忆，也让我们看到古老村落里潜存的生机，看到乡土社会的希望。

院落生活（贾玥摄）

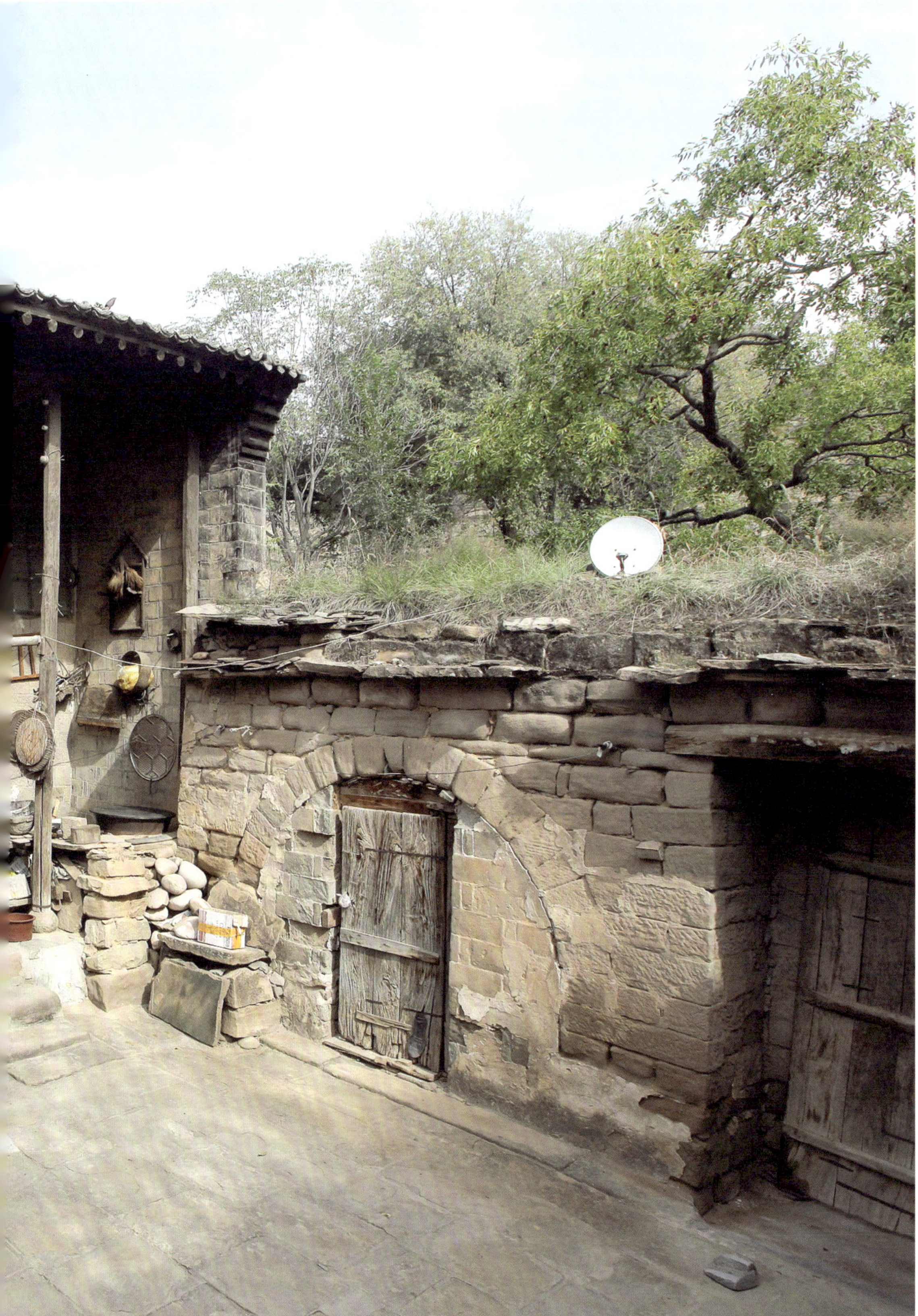

"真的不了解我们的妈妈"

12

如果你不知道这个箱子的故事，它不过是一个破箱子，但当你知道个中细节的时候，这个箱子突然间就有了生命，两度嫁妆的经历竟使平凡一物有了温度。可见，乡村的老物件不在于自身的价值，而在于它已经转变成了情感的载体……

在泥河沟调研之初，我们便结识了王春英，我的学生都亲切地叫她"春英奶奶"。她的家在湾崖地7号，这也是我们每次驻村都要多次跑去的地方。1961年正月初六，18岁的王春英骑着她家借的毛驴儿，在爸爸和大哥的护送下嫁给了武占格。她的娘家在神木县界牌村，离泥河沟有10里路。

2015年7月16日下午，我和学生去她家"寻宝"，刚进院子便对两位老人家开玩笑说："快把家里的宝贝拿出来！"武占格老人说："家里没有宝贝呀！"我说："我都看见了，那屋子里有一箱子就是宝贝。"实际上我是瞎说的，就是给老人家开心逗乐。结果老人家说这箱子是他老伴儿王春英当年的嫁妆。再追问老妈妈，竟然是她妈妈出嫁时她姥姥给的嫁妆。她姥姥多大年龄？我们一推算是1898年生人，这是两代人的嫁妆。这样的箱子有没有记忆？如果你不知道这个箱子的故事，它不过是一个破箱子，但当你知道个中细节的时候，这个箱子突然间就有了生命，两度嫁妆的经历竟使平凡一物有了温度。可见，乡村的老物件不在于自身的价值，而在于它已经转变成了情感的载体。所以，走进乡村，哪里都有故事，哪里都有文化。

我们在村期间，家里煮玉米的时候，老人家就会来招呼我。她说一看到我就想到她的三儿子武三卫。这位兄弟1995年毕业于陕西师范大学历史系，而后在定边公安局工作。这位老妈妈觉得我吃了这玉米，就等于她儿子武三卫吃了。听到老人家这样讲时，我的心里感到特别温暖！正因为有这样一份情感，我们也便有机会听老人讲更多的人生故事。

1967年至1969年、1972年至1975年，我参与修坝工作。修顺水坝那段日子是生活最贫困、劳动最紧张的时候。提起那段经历，我真是伤心。2015年12月30号那天，村里拆丁字坝，我心疼得哭了。有人就说：

"现在做得比你们那时候做的好多了，可以用机器。你们那时候是人工做，现在都是机械化。"但那是我当年亲自受过的罪，他们把这弄坏了，我可心疼了。当年我基本上天天都要拉石头，不能休息，30天要去拉28天石头，只有快过年的时候才让休息。大队规定我们每天8点上班，我因为要做早饭就会迟到，工分满分10分会被扣2分。有时候我去上班前娃娃在哭，我放心不下他，只好给他喂了奶再走。这样我就会被再扣2分，一天的工分只有6分。我被这样扣过几次，没办法嘛。当时吃饭都是自己做，中午的时候我抽时间赶紧弄一点儿饭吃，一上工就马上去干活。到晚上，我还要给娃娃缝衣裳、做鞋子。我们家里有6个娃娃，生活困难。每天娃娃睡下了，我就在灯光下缝，一针一针自己做。哪怕一晚上不睡觉，也要娃娃有衣服和鞋穿。

我们在湾崖地装石头，3个妇女装一个车，没有娃娃的人拉车子。我如果去拉石头来回走，就没办法看着娃娃，所以我负责往车里装大石头，娃娃站在旁边。装石头可危险了，一不小心就会被大石头砸到脚。装上之后车子拉走了，我就可以照顾下娃娃。每人每天背50个石头，背完第二天又分50个，天天背。当时装石头很费劲，因为石头太大了，一块都有一二百斤重，一车只能拉一块，就是现在坝上那些数不清的大石头，你们现在出去也能看见。即使到现在，我一拿重东西、干重活，比如提上一桶水，胸口就会疼。我们女人拉一块石头确实不容易，这手上都是茧，当年背石头时被石头碾过留下的伤疤到现在还有。打坝的时候，我们没吃没穿，布都是自己织，衣服都是自己缝。当时衣服质量很差，拉石头的时候很容易烂。我冬天就穿件棉袄，干活的时候身上出了汗，棉袄都被汗水打湿了，回家以后都是馊的。第二天起床，我还得穿上这件棉袄，因为冬天我就这一件衣服，再也没别的穿的了……

这是老人家讲述的片段，这些细节让个人生命中真切的情感如此丰满地呈现在我们面前。在她的叙述中有一句话，让我每每想起来眼角都是湿润的。她说，娃娃们小的时候，家里太穷。他们都不知道啥叫不好吃，做啥都抢着吃。有一次她在烧火煮稀饭，女儿和二儿子来回抢，互相推着就把锅盖撞开了。女娃子抢不着，不小心就把手肘杵进锅里了。接下来她说："占格他赶紧浮河去离村10多里的山西第八堡买烫伤膏，涂上3天就好了，也没留下疤。"第八堡隶属山西临县，顺黄河而下要游10多里，当时的黄河不像现在这样平缓。当老人家用平静的语调讲述这件事的时候，我的心里涌动的是一股股暖流，为这份清贫生活里的父女深情，为苦难日子里的相濡以沫。这就是平凡却足以感动人心的故事，这本身就是一股力量。

在这儿之后又发生了什么？做过口述史之后，依然有太多的后续令我感动。2016年8月27日，我把这位老妈妈的口述文本发给了他的三儿子，请他帮我校对一下其中的方言。他在微信中说："看到老妈的口述，真心激动！"后来我们又通了电话，他说："老妈的口述让我们全家人都很高兴、很感动。二哥电话中哭了，我听出来了！我们真的不了解我们的妈妈，她为我们做了那么多。二哥说希望我们抽时间就回家，多陪陪我们的老爸、老妈。"因为这份口述，我们也因此建立了兄弟般的情感，时常会有问候。

口述史采录与整理对家庭发挥了这样的作用，那么对村落呢？曾经有过矛盾的家庭因为讲述者的回忆，重温了昔日的亲情和邻里相望的友情。共同的回忆不但勾起了往事，也化解了村落里的纠纠葛葛，这是我们不曾预期的效果。但愿我们在乡村的这项行动，真的能如一位业内的同行所评价的那样，"充分发挥了口述历史作为一种社会运动与赋权手段的价值"。

锄地归来的王春英老人（于哲摄）

口述历史制作的"前台"与"后台" 13

当你试图去开启别人心灵世界的时候，有一个前提就是你自己的心灵世界必须丰富；当你去追问别人生活故事的时候，也有一个前提，你必须在自己的生活中有意识地去存留故事……

口述史是一种文本，也是发掘乡土文化的一种方法。对于泥河沟这样一个没有文字记载的村落，这是挖掘村落记忆唯一的路径。我们在村里共采访了100多位老年人和年轻人，最后成文成篇的是33位村民口述史，还有7位是为佳县枣业、为申请农业文化遗产工作做出贡献的人。当我和学生们把40位讲述者的故事重新梳理并提炼出120个小标题的时候，我们惊讶地发现，那些深藏在山林间、埋藏在枣树下、潜藏在记忆里的村落故事竟然鲜活呈现。在这一过程中，我们真切认识到口述史不仅是个人的表述，而且是带有丰富社会性的集体表达。

做口述史是有条件的——信任是讲述的基础，真情是倾听的前提。如果不信任，讲述只能流于表面；如果不投入感情，所听信息不过是耳旁之风。关于田野工作的"前台"与"后台"，简单来说，"前台"就是我们听闻和目睹的故事，是我们走到某一个家庭之后在那里的询问与攀谈；"后台"则是我们对此类行动的追问，是对自身情感的考量，是对文字与生活的一次次定位。我常常和学生讲，不是谁都能做口述。准备好声光电设备就能做口述吗？你需要用真情和受访者对接，让他看到你就有流泪的冲动，只有在这样的情形之下，那种叫作真性情的生活叙事和人生感悟才能够自然而然地流露出来。因此，采访者仅仅走进被访者的生活世界是远远不够的，要走进他的精神世界。总有一种东西可以流传久远，不是记录普通的生活，而是记录生活背后的心灵感悟。千万不要认为只有读书人才有感悟，不是，阅历会告诉你深刻的道理。我在泥河沟工作对此体会尤深。你看某位可能拙嘴笨腮，但是他却能告诉你生活最本真的部分。无论是"老婆和窑洞一样也不能丢"的表述，还是"借毛驴娶媳妇儿"背后潜存的那一代人独有的风景，都足以让我们感受到平凡生活的温暖与力量。所以，创造一种条件，支持一个人清晰的自我叙说，其价值不仅仅是给一个普通人表述自我的权利，更是一个人

2015 年泥河沟村调研（侯玉峰摄）

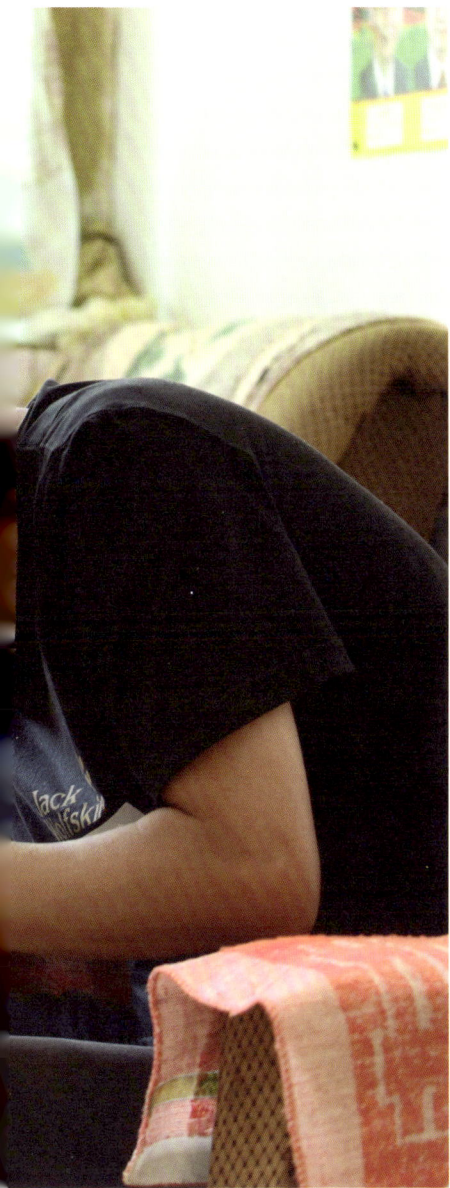

最有可能将他生命中的欲望和他的现实利益整合在一起的一种个人化的方法。如果把它看成方法，那么它是方法，如果把它看成目的，它就是一种行进的理念。作为采写者，如果我们自身没有足够的能量，没有对生活的感知能力，采访必定是无效的。我的学生们下乡之前经过了一年的训练，要去了解父辈和祖辈的历史，还要会讲自己的故事，通过阅读文献明确自己的行动指向。如果采录者脑袋里空空如也，如果你对受访者生活的时代没有任何知晓的印记，即便是走入了现场，充其量是一个只会听故事的快乐的小傻瓜。因此，要想成为一个训练有素的口述采录者，必须让自己的内心充盈，必须对重大历史事件清晰明了，同时要做到与他者的心灵和情感交汇，只有这样才有可能做出精彩的口述史，否则不过是浅浅口头叙事而已。

为什么强调要了解受访者所经历的历史事件，了解他所处时代的大背景？因为没有一个人会独立于世，了解一个人必须和他所处的那个时代的重大事件连接在一起。也就是说，我们的采访表面上看是家庭史，是个人生活史，但从更深远的意义来说，我们描绘的是一个社会谱系。我们采访泥河沟近百位村民，整理出文本时发现，村里那些丁字坝、顺水坝等地标建筑承载了他们共同的记忆，而修水利工程的事件就是他们不可或缺的生活内容。

我们采录制作口述史有两个目的：重建与联

系。重建是要尽量重现那些人们共同生活的日子。那些似乎是如烟的往事，一下子又回到了现实之中。联系是什么？我们做口述史的目的是要呈现小规模的生活，但一个村落里修堤坝的生活，却和重大的社会结构、社会发展过程存在着千丝万缕的关联。每一个人的个体生命都是在和别人关系的建立中、和生活环境关系的建立中，形成的多层次交相叠织的特定空间。我们无法游离于家庭和生活的环境，个人的生活无法游离于社会。在泥河沟的历史里，无论是通镇背粮还是移民他乡，个人生活经验的表达始终是镶嵌在社会结构之中的。当我们听一个姑娘讲自己14岁到济南当保姆、18岁到工厂里打工的时候，当我们知道一个小伙子17岁开始跑大货车往新疆贩卖枣的时候，他们个人的命运就是那个时代的缩影，我们看到的是乡土中国的社会转型。因此，要了解一个人，就要了解他的家庭史，了解他的生活史，要知晓他的社会处境，如果不能做到这一点，采访工作就难以落到实处。而我们对地方文化的记录，呈现的正是这个历史背景下个人的生存形态。

我在实践中体会到，口述史可以分为3个层面：第一个层面是生活史；第二个层面是把生活史上升到生命史，这里集聚的情感体验为一个群体所共享，它具有超越个体和家庭之外的特别的意义；第三个层面是上升到心灵史，这是可以超越时代的好作品，这里潜存着人类心灵的密码。这样看来，制作口述史并非是受访者对着录音设备讲述就可以了，它对采录者有很高的要求，一定要具备3种能力：第一种是对乡村生活的洞察力；第二种是对他人生活的想象力；第三种是对自己专业的感悟力。这3种能力共同构成了我们基本的理论素养。我们的工作重心是通过口述史来呈现民间记忆。我们要在田野中发现历史，要透过对乡村、对生命的认识，开启真正意义上的心灵问询。当然，作为一个研究者、一个行动者，我们在为乡村存留过去、为学术存留文本的同时，还肩负一种使命，那就是为孤寂的乡村带去一份温暖。

我们身处乡土社会落寞的时代，生活在乡村里的老百姓，尤其是老人，他们对自己的生活缺乏基本的尊严和自信。怎么通过我们的努力让他们将记忆中那些陈芝麻烂谷子转换成为一剂良药，来安顿心灵，这是我在田野工作中始终思考的问题。

村里有一位年逾八旬的老人叫武忠兴，一辈子单身。他是一位能工巧匠，村里的很多水利工程是他带领着干的。2016年1月9日，当我们再次来到村庄调研的时候，才与这位老人有了正式的接触。半年前的匆匆一面，是在老人的家里。一碗残羹剩饭，一点儿咸菜，简陋的窑洞里没有什么摆设，这也许就是他的日常生活。他的颌骨下面有一个大瘤子，让人看起来有些担心。不过，老人却说瘤子已经多年，也习惯了。他对自己的生活很满足，每个月国家给的低保足够生活，间或还有侄儿们送点衣服。这些曾经相遇时的片段，在他的心中不会留有任何印记，但是我却记忆犹新。因此，此次约老人家带我们看村里的水利工程，讲讲顺水坝和漫水桥修建时的往事，也是我们调研计划中重要的安排。说来也巧，在我们去往后河上的路上，与老人偶遇。他穿一件羽绒服，脚下是单布鞋。当我把夏天给他拍摄的照片拿给他看时，他的脸上划过一丝微笑。他的耳朵背，大声讲话才能听到。我就趴在他的耳朵旁说，请他带我们去看看村里的水利工程。老人温和地点头并带我们走到了"闷咕噜"。在接下来的一个半小时里，我们走近了这位孤独的长者。

在我们的队伍中，学工民建专业的武琳为我们介绍了每一项工程的原理，以及她所知道的片段旧事。这位热心的村民是20世纪90年代村里走出去的大学生，现在在榆林工作。与之相比，武忠兴老人全程也没说几句话，只是面带微笑地看着大家。此时，泥河沟有-10℃左右，年轻人都觉得有些挺不住了，但老人依然平静地与我们同行。其中有一个细节是令我们难以忘怀的。老人耳背，为了听清楚大家说话，他会不时地把羽绒服的帽子拉下来。看着他那光光的头，我担心他受凉，就一次次地为他戴上帽子，而后趴在他的耳旁说话。就这么一个不断重复的动作，也是在那样的一个又一个瞬间，静默无语的老人向我们敞开了心扉。也许开始的时候，老人家是为了听到别人的声音，但后来不是，而是在享受这一过程。在他的生命体验里，很少有人如是这般地表达关切，尤其是在一个寒冷的冬日。我想老人一次又一次地把自己的帽子拽下的时候，他很希望有一个年轻人再一次给他戴上，所以当我趴在他的耳边跟他大声说话的时候，那双穿着片鞋的脚可能是冷的，但老人的心里一定是暖暖的。

第二天在开章小学专门采访老人家的时候，我的学生说："爷爷满眼寻找的是老师！您去我们那个屋子取东西时，他几乎忘了我们问他啥，一直在盯着您，直到您离开。"我们没有为老人做任何事，仅仅是一个细微的动作，以晚辈的姿态与老人进行了短暂的肢体和只言片语的交流，却让我们的田野工作拥有了温度。因此，田野工作里的信任过程，可能未必需要长期的磨合，更无须技巧的支撑，以真诚为前提的真情才是最核心的要义。

我一直强调田野工作是有前台和后台之分的。前台是什么？那就是田野工作独有的时间和空间。我们在前台看到的是老百姓如是这般的生活。每一个乡村的时间和空间都记录着乡村人的生命历史，都承载着他们的人观和物观。换言之，他们如何来看待这个世界？如何看待人？如何看待物？在他们的生活节奏里，记录着一种特殊的时间刻度，这是他们的专属。后台是什么？以我们的口述史采录为例，虽然从记录生活史开始，但实际上当你细细地追问之后才发现记录的不仅仅是他的生活，更是他几十年的人生脉络。而当你用一个研究者和行动者的姿态去认知他的生命时，也就进入了心灵史层面。我们在采访中感到，只有将个人生命中的情感因素展现出来，平凡的故事才有感动心灵的力量。但是，在做口述史的时候，调动对方的积极性，让他的生命过程在访谈中自然地呈现出来，这绝非易事。当你试图去开启别人心灵世界的时候，有一个前提就是你自己的心灵世界必须丰富；当你去追问别人生活故事的时候，也有一个前提，你必须在自己的生活中有意识地去存留故事。从这个意义上讲，我们制作别人的口述史，实际上是在叩问我们自己的心灵。这就是我所说的田野工作的后台。

我一直认为田野工作是我们自己内心修养和修炼的最外化的表现形式。我的学生在跟我下乡两年之后，望着泥河沟满天的星斗，拉着我的手说，田野中的一举一动，一言一行，实际上都是在做文章。这也就是我提及的"生活无处不田野"。当我们从乡村走来的时候，你会发现，我们一次又一次的田野之行，以及熔铸其间的心灵体验，最终都会回归到我们自己的生活之中。当我们感到自己的生命发生变化之日，也就是悟得田野工作真义之时。

Agricultural
Heritage

泥河沟夜话：与青年学子谈心 14

从我们背起行囊的那一刻起，田野就在我们的行囊里了。有一天，当我们发现田野处处是行囊后，你就是一个田野工作的大家。今天我们的田野是奔赴泥河沟，是为这个与千年枣园相伴的村落写文化志，但是对于你们这些年轻学者而言，泥河沟仅仅是登堂入室的台阶，你们对田野工作和所学专业的深度体悟，才是此行真正的意义所在……

　　2014年6月30日至7月8日，我带领宗世法、陈俞全、关瑶、宋艳袆、李世宽、李妍颖、冯星晨、曹玉泽、郭天禹、孙兆琦、谢彤华、张莹莹12名学生来到泥河沟村，开启了我们对农业文化遗产地的探寻之旅。按照惯例，我带学生在乡村工作的日子里，有一个固定的环节就是"夜话"。每天分享心得，传递情感，在相互启发中获得力量。泥河沟夜话记录了我们在村工作一周的体会，也是我在乡村指导学生进行专业训练的"现场直播"。7月7日这篇夜话，是对我们此次调研工作的总结，它承载了我对乡土社会的理解，以及对青年学子的期待。

　　我特别希望诸位以后能成为优秀的学者。通过这次短暂之行，能够知道田野调查的完整过程，知道每个环节上的着力点。有了这样的经历，我相信你们每一位都会对自己的专业有更深刻的理解，也会萌生出一种挥之不去的社会责任意识。此行我特意邀请世法和俞全加入咱们的团队，一来想接续前缘，让我有机会在现场将田野工作的基本技能传递给他们，以了却我和他们曾经擦肩而过的遗憾；二来想让你们并肩作战，相互参看学习，在成为学者的这条路上见贤思齐。但愿这样的设计在你们的人生履历中，能转化成为他年追溯学术起步阶段时难以忘怀的事件。庆幸的是，这次彤华和莹莹遵照学院嘱托全程拍摄我的教学，这是一个难得的机会，从出发前的民主楼讨论，到后天的学校总结，泥河沟之行因为她们而被完整记录。今晚我想谈3个问题：教学、田野和乡土。明天就要告别泥河沟了，今天的座谈就姑且命名为"泥河沟夜话"吧。

　　谈教学。我想通过一个故事，让大家明白创造性学习的意义和价值。1993年，托妮·莫里森获得诺贝尔文学奖，她在瑞典皇家学院的获奖感言中讲了这样一个故事——掌中之鸟。她说，从前，有个老妇人，她是盲人，却很有智慧。她在当地很有权威，名声一直传到城里。有一天从远方来了一群年轻人，他们想考验她。老妇人看不见他们，不知道他们的肤色、性别和年龄。他们站在她面前，一个人问道："我手里握着一只鸟，告诉我它是活的还是死的？"老妇人沉默了很久，年轻人不相信她的智慧，他们几乎要发出嘲笑声了。最后她坚定而从容地说："我不知道！我不知道你们手中的鸟是死还是活，但我知道它在你们的手里。"莫里森这样解释老妇人的回答：如果鸟是死的，要么是你在发现它时就是死的，要么是你杀死的；如果鸟是活的，你仍然可以杀死它。也就是说，鸟是死是活取决于你们自己。

我时常想起这个故事，并以此回望我自己的求学与教学过程。这只"掌中之鸟"在莫里森那里意味着什么呢？是创造性！无论是本科阶段还是研究生阶段的学习，有没有创造性的发挥，不取决于别人，而是取决于自己。在奔赴田野之前，每个人都会有对田野的想象。但亲临现场并开始了解村民平淡而真实的生活之后，也许你会有失落，因为这里跟你想象的乡村生活相去甚远；也许你会有惊喜，因为这里有黄土高原的景观、淳朴的民风，还有那么多不期而遇的田野感受。在这里每天紧张的入户访谈，每晚在这间屋子里的高谈阔论，对于我们大家来说都是意义非凡的。就在这样的过程中，我们共同完成了一件事。我虽然没有那位盲人老太太的智慧，但我却目睹了你们的进步。但愿泥河沟之行带给你们的不仅仅是对枣乡生活的片段记忆，更有所学专业赋予你们的对田野的体悟能力。这是我关于实践教学的一点感受，也是我对各位年轻学者的一份嘱托。

谈田野。田野是什么？我刚才听了几位的感受，心中很是欢喜。世宽跟我做了两年的中国农业大学本科生研究计划，他的表述风格和对田野的理解，都跟我有许多契合。我们田野出行的目的到底是什么呢？从我们背起行囊的那一刻起，田野就在我们的行囊里了。有一天，当我们发现田野处处是行囊后，你就是一个田野工作的大家。今天我们的田野是奔赴泥河沟，是为这个与千年枣园相伴的村落写文化志，但是对于你们这些年轻学者而言，泥河沟仅仅是登堂入室的台阶，你们对田野工作和所学专业的深度体悟，才是此行真正的意义所在。

在田野我们要感受的是什么？人性之美！玉泽每天都为村民打水、扫院子，各位每天都认认真真地洗碗、帮忙拉风箱做饭。这些看似生活中的惯常之事，但很多人到了而立之年却未必懂得其间的真义。我的学生能够任劳任怨地做这些事情，这对我来说已是满心欢喜。别小看生活中的每件小事，每件小事背后都潜藏着我们对生活的理解和对他者的关怀。在泥河沟的日子里，每天经过人市儿，老人们每每对我提及的是"娃们都特别有礼貌"。在这里，礼貌未必是见面鞠躬，礼貌是你用温和的眼神传递尊重和关怀的善意，有这种情感的交流就足够了。我们何须拥抱，我们不必握手，如果你懂得默契，在生活里面品味人心，其实我们就走入了田野。我们在沟通中会感受到人性的力量，这种力量叫信任。治洲的爸爸——那位89岁的老人家今早特地跟我讲，"我在家里待这么久，很少能听到有人叫我爷爷，自己的孙子回来也只能听到几声，但是娃们每天喊我爷爷，我觉得对不住娃们，没吃我做的饭，没喝我烧的水，我对不住娃们"。你们知道老师听到这句话心里是什么滋味吗？我希望我的学生不仅把田野当作搜集某些事实的场域，还能切切体会到自己给别人带来的温暖。只有这样，你才能体会到别人不曾体会到的东西，此时田野对你来说就有了味道，它才能更加持续和长久。为什么这样说呢？因为我的学生能将田野行动转化为对自我心灵的反思。2009年和2010年我两次去台湾，印象最深的是对"台湾风信子精神障碍者权益促进协会"的组织者刘小许的采访。她为那些精神障碍者回归社会而开办有机农场，她在"有机农业"中获得的启示是"有机地对待土地，有机地对待精神障碍的朋友"。我曾对这位辅仁大学的心理学硕士所做的工作不解，总希望追问为什么她人生的喜怒哀乐都是从风信子开始的？她又是怎样理解生活、感悟人生的？她说："生活是实践。大学在社会工作系时，认为社会工作者不切实际，可是当自己身体力行去做时，理念已经转化为现实。人生是苦的，事情做也做不完，实践的过程就是在解决我自己的苦！"正是因为有了两次台湾之行，才有了我曾提及的在河南辉县积极创办乡村社区大学的后续故事。我希望我这个小教书匠，能够在中国的乡建运动中发挥一点力量。讲这些，是想告诉大家，我们的田野之行同样是来体悟自己的人生。我们在不同的年龄段里，对人生的体验差别很大，但是只要你认认真真去体悟，生活处处都是田野，事事都会让我们拥有特别的心灵感受。

谈乡土。可能来泥河沟之前你们对乡土有很多想象，那么乡土到底是什么？乡土就是这样一个村庄吗？在艳祎所谓的"现代化魔性"摧残之下，今天中国的乡村已经破败。据统计，2000年时，我国自然村总数为363万个。到2010年，总数锐减为271万个，10年间减少92万个。当作为"文化乡愁"的村庄渐已远去的时候，我们该如何认识乡土和乡土的意义呢？今天中午我和兆琦在小河边谈心时，他说泥河沟村跟他想象的不一样，这是想象与现实的落差。我们要明白，不是说农民对乡土热爱就是整天捧着黄土热泪盈眶，那不是真实的生活，不是生活的常态。但是当你把一棵枣苗割掉的时候，他表现出来的那份疼痛是切入肌肤的，是深藏心里的。郭宁过老人的故事就是最好的佐证。当黄河冲垮了大坝并把枣树冲毁之后，她的儿媳断定妈妈一定站在枣园哭泣。我们为什么听到这样的故事后满怀感动？因为在这样的突发事件里有乡民对生活的依恋，对脚下这片土地的一份深情。我们不要按照实验室式的推论遥想乡土，当你走近它的时候才发现，在那些平淡的日子里，在老百姓的一颦一笑里，时时潜存着那份深厚的乡土之情。我们来到这里就是要感受这种情感，同时，当我们美化乡村、神化乡愁的时候，也别忘了我们今天所肩负的使命。拯救乡土，我们没有能力。不过，我相信我们的每一步推进，都是在对这样一份神圣的使命尽着一份农大学子的努力。当我们想象乡村宁静的时候，别忘了它潜存的危机，这就是农业文化遗产保护所彰显的深层关怀。

谈及遗产，我们首先想到的是祖辈留下的老宅子，但是除了这些看得见的身外之物，还有祖辈相传的、留在泥河沟人记忆里面的精神财富，我们今天抢救的就是这份遗产。如果我们前年到来，就能听到武国雄老人的讲述，但是没有哪个老人会等到你做完田野之后再赶赴黄泉。我们今天努力地存留一点历史，实际上就是给村落未来存留一份可以依托和找寻的记忆。如果有一天这个村子真的不存在了，那么还有谁能够记得陕北这个偏僻的小山村？这也是我一再讲要赋予我们今天这项工作以意义的原因所在。当村中的老人知道我们要为村子写书的时候，他们都说"等你们的书出来，一定给我一本！"他们可能看不了几年了，但是他们要把书留给子孙看。不要小看我们的乡民，他们虽然只读了几天书，甚至没读书，虽然我们在他们面前好像一个知识累积的巨人，又是硕士又是博士又是教授，但实际上我们来这里是向人家问询智慧的。

老师跟大家组成一个团队来到泥河沟，我们从记忆入手，关注乡土重建。我们将农业文化遗产保护和乡村发展联系起来思考，最终的目的是什么？我们不希望乡村流失得太快，它们应该能够有尊严地死去。从这个意义上说，一个村落和一个人的生命是一样的。但遗憾的是，我们不知道这个村落的源头在哪里，我们只知道它是一个有1000余年枣树陪伴的村落。我们努力地追溯它的过去并记录它当下的形态，就等于让它有尊严、体面地活着。当我们这样认知乡土、定位我们今天的工作时，我们就无愧于这一次又一次的乡村之行。我希望在我的学生完成几部有关农业文化遗产的著作之后，如果我的眼睛还能看到的话，我一定要写一本《农业文化遗产保护与乡土重建》，以此来表达中国农业大学一个普通的教育工作者对乡土中国美好愿景的期待。

在泥河沟的日子，我希望我的学生能和我有一样的田野感受。近10年来，我走访过很多村子，也欠下了很多还不完的人情债。也许我有些地方这辈子都不会再去，但是我不会忘记在那里发生的往事，我希望你们也能记住这里。

在村子里的朝朝暮暮，我们的心里有太多的感激之情。感谢治洲书记，让我们每天吃得好、住得好；感谢虎卫，在我们心里他不再是镇长，而是我们的朋友，是你们的"一轮明月"；作为镇里下派的干事，年轻帅气的佳云和海强，辅助我们的调查工作尽心尽力，他们简直就是我们团队中的一员。正是因为有这样一份特殊的情感，原本平淡的日子变得不再平淡。对于这个千年村落，我们将带走一份社会责任，也将留下一份挚爱的情愫。也许这8天的记忆可以持续8年，甚至终生难忘。让我们记住2014年7月7日的泥河沟之夜，在这个淳朴的地方我们用一颗纯净的心做了一次纯美的交流！

2014 年农业文化遗产研究团队在泥河沟村调研（刘虎卫摄）

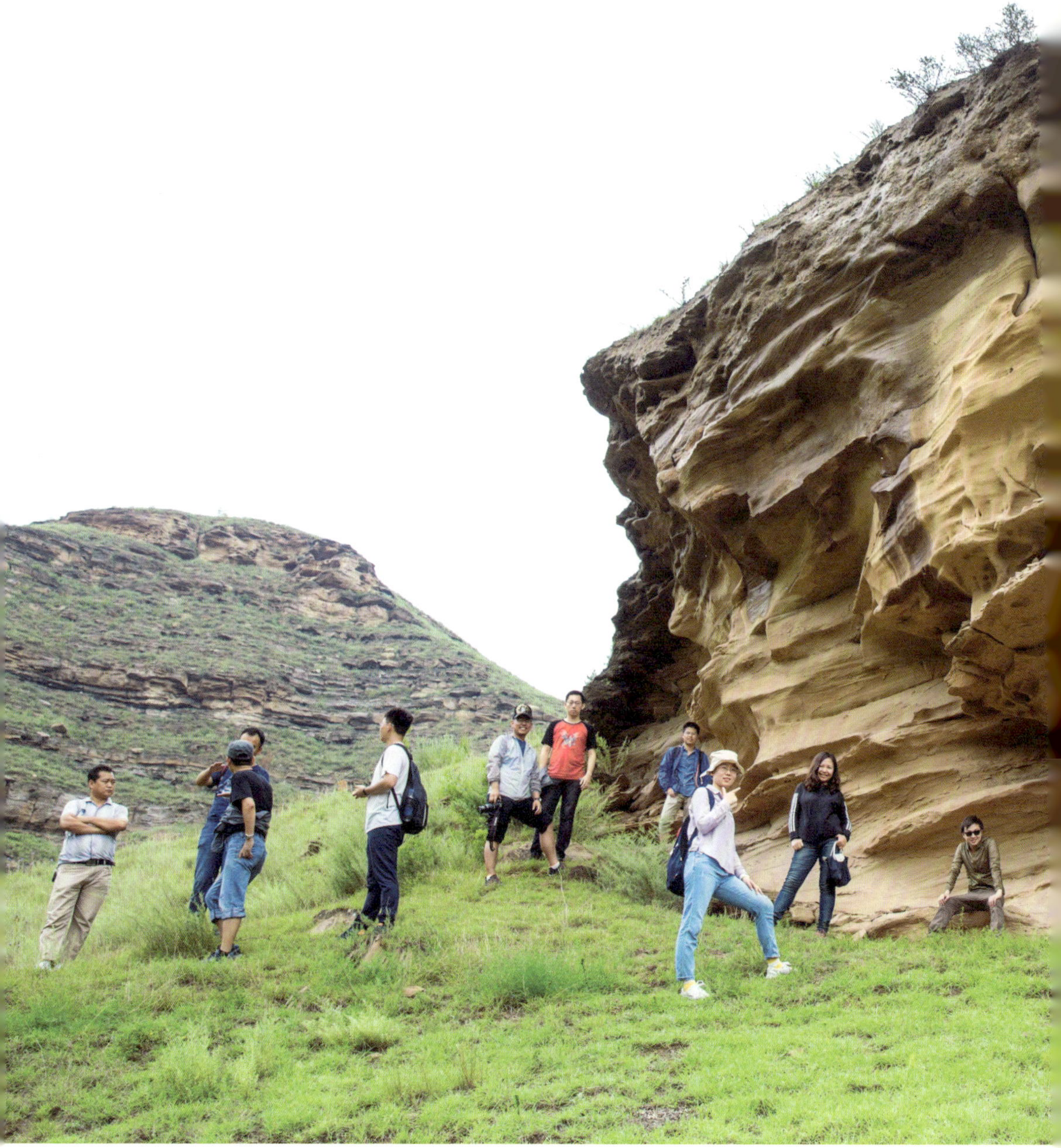

泥河沟夜话：“把种子埋进土里” 15

田野工作带给我们的深层领悟，一定不止于技能技巧，而是超越其上，是磨炼了我们的意志，培养了
一种胸怀。这种磨炼和培养的根本是要理解人性、亲近民间智慧，这应该是田野工作带给我们的最大
收获……

　　2016年1月5日至14日，我与侯玉峰博士带领宋艳祎、李妍颖、郭天禹、孙兆琦、李禾尧、高凡、江沛、韩泽东、辛育航、王嘉雪10名学生再访泥河沟，这是团队的第三次集体驻村。与此前夏日酷暑的感觉不同，此次对陕北冬天的严寒有了难忘的记忆。然而，天气的寒冷并不能阻隔我们与村民彼此传递温暖。学生们为了求证一个事实、一段往事，几乎跑遍全村，不放弃任何一条线索。大家知道这项抢救性的工作有多么急切，因此，在田野工作中尽心尽力。当我看到他们小鼻子、小脸蛋冻得红红的时候，心里其实不是个滋味。但是看到他们在实践中娴熟地应用所学、在与村民的交流中收获感动时，一种言说不尽的欢喜又会洋溢我的心头。我们这个时代呼唤年轻人投入激情、服务社会，这是青春的旋律！

　　作为学术研究的"种子"，学生们在一次次的乡村之行中培养为学和对生活的想象力。无论是对田野调查的谨慎态度，还是对他人的尊重和对自己的严格要求，在这些年轻学者的心里已经开始生根发芽。作为一种特殊的文化符号，农业文化遗产地的研究如实地记录了他们学步时的足迹和梦想。从这个意义上说，人类学家林耀华先生在《金翼》中所说的"把种子埋进土里"，充分地表达了在乡村的每一个日子里带给我的心灵感动和心理期待！

　　此次泥河沟之行，除了学生们补充村落文化志调研资料之外，我的一个核心研究命题是扶贫。为此，我走访了贫困户、驻村干部，也听闻了县长和县委副书记对扶贫的解读。13日晚，也是回京的前一天，我们师生座谈到凌晨。下文呈现的，是学生们谈完调研收获和感悟之后我的讲话。它记录了我当时的心情，也寄予了我在田野中培养学生的愿望。

　　尽管夜已经很深了，但这个分享过程还是让人欢欣鼓舞。尽管这里面有一些困惑问题，但是大家都能不断地拓展自己的田野，能去发现新的线索，这本身就是田野工作中最美妙的事情。我们团队在泥河沟一起走过了酷暑与严寒，曾经的不适应都已转换成了理所当然的生活状态。我相信这些生活在乡村的日子，会成为你们四年大学生活、两年研究生生活中最难忘怀的记忆。

这一次原本不想集体出行，但想来想去，还是把它当成我们团队一次完美的收官吧。对我来说，多年的田野工作令我伤情的，有对乡村百姓生活状态的忧虑，但更多的是源于我对学生的期待。在村中度过的日子，我对你们的要求是严格的，也许有些批评是你一生都难忘的，但是无论怎样，你们应该理解老师对你们寄予的一份深切的情感。

前天的夜话，侯玉峰老师说我比原来带学生下乡变得温和了许多。实际上，我在骨子里对学生从来没有降低过标准。庆幸的是，我们这个团队尽管大部分成员还是本科生，但是你们的田野发现和工作热情确实是许多硕士和博士都无法企及的。我非常幸运的是在你们精力最旺盛之时和你们有如此美丽的相遇，不论这田野多辛苦，我都能在你们的成长中获得一份欢悦和满足。在这个看似培养你们的过程中，你们在打磨着我的性情，田野也在磨炼着我的意志。正是在这双向互动中，我们拥有了更为深厚的情谊，也促发了共同服务乡村的使命意识。

今天听大家的田野收获，无论是学术思考，还是情感上的梳理，都让我有种昔日重来的感觉。我自己在田野工作中经历的那些往事，一直都难以忘怀的生命体验，在我的学生身上都如期出现了，而且比我预期的还深刻，这对于老师来说真是莫大的幸福。我在中国农业大学工作的12年里，尤其是和我们团队一起阅读文献、一起生活在乡村的日子，是我目睹我学生进步最快、自己也沉醉其中的两年。真希望有一天我们这么多的田野感受，能够以文字形式记录下来，成为多年之后我们追忆这段日子的精神储藏库！

今天晚上的夜话，我要围绕田野工作谈两个关键词，一个是理想，一个是境界。虽然都是老生常谈，却也能部分地回应你们的追问。

谈理想。我们做全球重要农业文化遗产地的研究已经两年了。回首看来，它的意义何在，价值又在哪里？我曾经跟你们说，跟老师一起做农业文化遗产吧，等你们成为祖爷爷、祖奶奶的时候，后辈还记挂着你在本科阶段曾经做过泥河沟的研究。这是哄小孩的话，你们为什么信呢？事实是，你们来了，还做得有滋有味，像模像样。原因只有一个，因为你对田野有一种想象，因为你对社会学专业有一种认同，因为你对人类学心存一份情感和敬意，才让你走到了这块田野中来。无论是误打误撞，还是早有预谋，走到泥河沟后才发现，我们都掉到"沟"里了。这个沟就是陕北的地域文化，是我们对一方百姓的想象与亲和。

昨天我心情沉重，沉重到了不想再讲话。曾经的沟壑景观似乎变得满眼悲凉，曾经温暖的窑洞变得格外寒冷，因为这里的贫穷，因为村民无力改变的生活状况。陕北的土地最容易唤起人悲伤的情绪。在去往镇政府的路上，看着车外的风景，我满脑子想到的是路遥和他的《平凡的世界》，想到的是那些平凡世界里的平凡人生。任锦双书记跟我说："哎呀，今天能吃上大米白面，但是为什么人都这么不幸福？他们不幸福，我也不幸福，好像今天没有几个人幸福了。教授你说，不幸福的原因是啥？"我笑了笑，没有作答。他说："我有一个说法，这个人是有理想的，他没有理想了，所以不幸福了。"理想，听起来虚，可它是多实在的一个事情。我给你们发过余光中的诗，他说要成为一个理想主义者，只有理想主义者，才会在寒冷的冬日里也能闻到玫瑰的芳香。这句话我印象很深，在你们这些"90后"的世界里，理想好像太奢侈，等待好像太漫长。但实际上呢，我们心中揣着理想，行动才是内发的、原生性的，没有了理想，平淡的生活哪里还会有光彩呢？

路遥去世15年的时候，新世界出版社出版了一本纪念文集。在这些追忆性的文章里，我感触最深的是，路遥是一个情感充沛的人。在他的小说里，总能透过主人公的泪水让我们感受到这片贫瘠的土地带给人内心丰富的情感。作家王安忆说："初春的时候，走在山里，满目黄土，忽然峰回路转，崖上立了一枝粉红色的桃花，这时候路遥的眼泪就流了下来。"如果没有路遥的提示，我们不会注意到它。因为那崖上的桃花，总是孤零零的一棵。它在黄土与蓝天的浓郁背景上只是轻描淡写的一笔，而它却是路遥伤及心肺的景色。为什么看到粉红色桃花的那一刻路遥流泪呢？因为那不只是荒凉黄土地上竞相绽放的桃花，还是贫瘠的环境里人们对生活的火辣辣的希望，是跨越了寒冬之后的春天。外在的自然景观和路遥的心灵世界在这一刻是高度契合的。

我们此刻生活在陕北，与泥河沟的乡亲们一起走过了冬夏。我们对这片土地的理解虽然有限，但内心深处的情感却总能和这里的人们连在一起，总是对改变这里的生存境况充满期待。我们集体出行的两年，应该在你们的心里埋下了理想主义的种子。尽管这里的贫困让我们无力，老百姓赋予的情感让我们感到沉重，但我们不要畏惧和退缩，更不要心存愧疚，我们能为这里尽心做好我们能做的事情就足够了。

我们留在这里的情感都是有回音的，请你们相信这一点，否则就不要做田野工作了。但一定要记住，当你试图为别人去解开精神锁链的时候，自己首先要成为一个自由且内心强大的人。从这个意义上说，田野工作就是一个不断地制造枷锁让自己前行，不断地解开枷锁让自己获得心灵自由的过程。这样的人生之所以富有挑战性，是因为理想主义的情结始终与心灵相伴。有了这份坚定，我们的生活里就不会有那份畏惧和退缩。我小时候看过一部苏联电影《乡村女教师》，女教师的名字叫瓦尔娃拉。她把自己的大半生献给了西伯利亚一个偏远的小山村，最终桃李满天下。这部片子影响了几辈人的青春，总能让人们在心灵沉寂之时燃起对新生活的希望、对平凡人生的梦想。每一次的乡村之行带给我们的是什么？是一种独特的心灵体验，让我们在这个过程中能够感受到活着的幸福。这是一个内心充盈的过程。如果你对这生活、对这世间、对人性没有一份美好的想象，这辈子做人一定是干瘪的。所以，我们这个肉体生命不论是强壮的，还是瘦弱的，只要里面灌注一种情感、一种理想主义的魂灵，这辈子就不会感到孤独，就不枉来世上一遭。

谈罢理想，我们再来说说境界。每次下乡我都要问，我们来到乡村就是从老百姓脑袋里打听点事吗？就是想跟老师学学调研的技巧吗？如果不是这样，那田野工作的真义又在哪里呢？你们跟老师下乡的原初想法，基本上是为了学习田野调查方法。但两年走下来，基本不再以此为目标了。为什么？就如禾尧前天所说，我们的驻村调查已经跨越了技术层面，进入到心灵问询的状态。的确，看似简单的村落调查，每一个细节都是值得我们玩味的。刚刚妍颖说，我们团队出行好像是一个人在做田野，而一个人出去又好像是团队在跟行，这就是团队协同工作的魅力所在。大家应该有所察觉，与去年暑期的田野工作布局不同，今年强调的是把握整体之后的个别追问。去年集体出行居多，目的是相互学习启发，今年独立前行，是要培养你们独立下田野的能力。当然，在你们一次次访谈结束后，除了那些尘封了多年的村庄逸事，老师更想听到的是你们对生活、对生命的感悟。因为一旦你们可以共情地走入他者的心灵世界，用真情去建立与受访者的连接，还有什么可以阻挡你对事实的接近呢？所以，我才一再说，调研无技巧，真心是要义。田野工作是一个修行的过程，让我们走入自我心灵的深处。田野工作带给我们的深层领悟，一定不止于技能技巧，而是超越其上，是磨炼了我们的意志，培养了一种胸怀。这种磨炼和培养的根本是要理解人性、亲近民间智慧，这应该是田野工作带给我们的最大收获。

我强调田野跨越了技艺，是一个修行的过程。那接下来的问题是，我们该怎样投入到修行之中？这既是如何理解田野工作的问题，也是寻找路径的问题。我今天早晨跟兆琦有一段谈话。我想，他的问题也是你们共同的追问——今天我做这件事情有意义吗？我认真观察过你们的神情，仅以你们中的一个为例。小凡是一个资质很高的孩子，当他的眼神飘忽不定时，他是在怀疑我今天在这里辛苦工作的意义；当我让你们阅读文献的时候，他虽满口答应，但在眼角上翘的一瞬间，他是在追问做这件事情的价值。我当然理解你们的状态，如果在田野中对意义没有三度追问，那你们就不是学习社会学专业的学生了。我要强调的是，我没有那么大的魅力让你意志坚定，但在你怀疑和追问之后，一定要在自己的实践中去不断地验证。但不论怎么追问，有一点是不会变化的。这两年多次集体出行的田野工作，将会对你的一生产生影响。你们要明白做好一件事情的重要意义，也许这件事跟你的未来表面上没有多大关系，但实质上如果你能认真做好一件事，并且努力把它做到极致，你就跨越了自己设定的标杆，也就是你自己能力提升的时刻。我跟兆琦讲，将来你可能搞艺术，可能搞管理，表面上与做乡村调研根本不搭调，但是这个过程中培育的性情和能力，培育的胸怀和眼光，足以支撑你后面去应对所有的事情，用四个字概括叫"触类旁通"。

我很理解你们此时的压力。连续两年驻村调研，我们和这里的乡亲们有了深厚的感情，因此为这个农业文化遗产地留下村史和村志，也便成了一份重重的托付，一份精神上的托付。明年我们的3本书完成的时候，一定会为泥河沟的社区营造做出很大贡献。刚刚天禹用"粗壮的腿"和"瘦弱的腿"来比喻村庄文化和经济不相宜的现状，我想，当一个村落的精神自足真的达到一定程度的时候，物质上的富足就会接踵而至，所以，那种担心可以姑且忘却。

老师希望通过这样的田野工作，让大家悟得一个道理，就是人生境界。每年的社会心理学课堂，我都会为研究生讲一则禅话。这是我1997年在柏林禅寺体验生活时听静波法师讲的。多年来，故事里的禅意总会在不经意时出现在我的脑海里，让我重新思量自己的生活。

故事是这样的：弥勒菩萨和无著菩萨是好朋友，也是师徒，弥勒菩萨圆寂之后，无著菩萨就想通过禅定的方式见到他的老师。于是，他就进入了闭关的生活状态。3年间，他希望在禅定中看到弥勒菩萨，能像他在世时一样向他问道。但是3年过去了，他在失望中走出了屋门。行至不远，他看到一个老婆婆拿着一根铁棍子在磨针，他深受鼓舞，于是又回到了禅房，闭关3年。这次他失望了，因为这3年里他没有见到老师，连个好梦都没做。当他在无望中孤独前行的时候，他看见一个人拿着一根羽毛在山脚下刷来刷去。无著走上前问其缘由，那人说这座山挡住了去路，他要用羽毛把它刷平。此时的无著菩萨再度受到感化，又回来闭关了3年。之后怎么样？他彻底绝望了，因为他根本没有见到老师的影儿。当他破门走出禅房的时候，他突然看到一只狗从远处跑来，是一只腿部受伤的狗，是一只因受伤腿上长满了蛆的狗。见此情景，他心生怜悯。他想，如果用手把蛆从腿上拿下来，狗一定会很疼，如果用舌头把它舔下来，狗的疼痛就会好些。这份悲悯之心驱使他趴在了地上，为这只狗来舔腿上的蛆。当他闭眼睛一舔的时候，发现自己舔的不是狗腿，而是土地。等他抬头的时候，发现弥勒菩萨就站在他的眼前。这一刻，他满心欢喜，而后又蹦起来抱怨地说："我闭关了9年想要见到你，你为什么不来见我呢？"弥勒菩萨说："9年间我没有一刻间离开过你，仅仅是你看不到我而已。如果不信的话，你背上我走向人街闹市，问问人们你背了什么。"于是他就背上弥勒菩萨，到人群处他便问："你们看我的后背上背了什么？"得到的反应是，这个人是疯子，他的背上什么也没有呀。他在无奈中背着弥勒菩萨走了很远，突然对面走来一位老太太说："你的背上为什么背一只狗呀？"这时候，弥勒菩萨说："这个老太太的业障已经消得差不多了。"

老师为什么给你们讲这样一个故事，你听出了什么？我从听到这则禅话算起，将近20年的时间已经过去了。在回望自己的生活时，我总能在这个故事中受到启发。以此来看看我们在泥河沟的工作吧，表面上看与其他乡村调研别无二致，但只要你能坚定以修心为根本，你的人生境界就会不召自来。它不是贴在你脸上的标签，但那份心灵深处的变化你自己最清楚，可谓"如人饮水，冷暖自知"。在修行的这条路上，人生境界以及外化的言行总是有所不同。为什么他看到的你却没有看到，为什么他经历的你不能经历，为什么他说出的你无法说出？我告诉你们，不是因为那一刻你没有想到，而是因为你自己的心灵没有修炼到位。田野是好多专业人士都谈论的话题，但是能从中品出滋味者又有几个？你想体味人生的高峰体验吗？如果想，就让你在做一件事情的过程中，去充分地体现自己的意志和耐力，只有这样，"境界"才能与你相伴。

泥河沟的夜话就到这里吧。希望田野工作让大家感受到生活的美好，尽管在这个偏僻的山村，冬日里更加显得清冷。但我看到了你们的变化，在你们的心里蕴含着一种自我强大的能量。

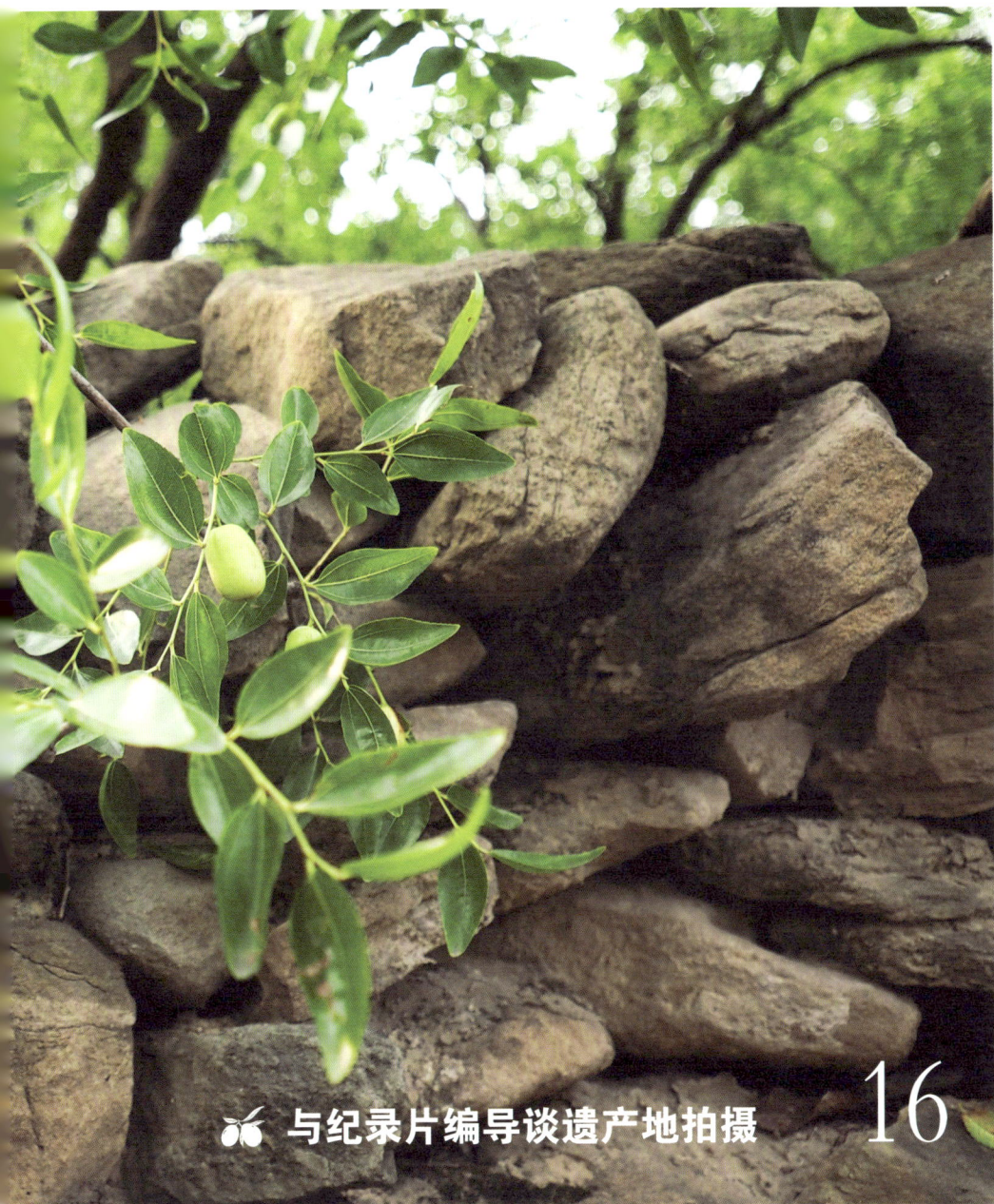

与纪录片编导谈遗产地拍摄 16

在乡村里的年轻人为了生计而无力守望家乡的时候，就让我们用另一种精神力量替他们守望吧。有朝一日，当他们缓解了经济压力重返家乡的时候，故乡还在，那是一种多么美妙的人生境况啊……

　　舒欣是一位纪录片编导，性格热情奔放，她爽朗的笑声会给每一个打交道的人留下深刻印象。与她相识是在北京服装学院何颂飞工作室。2016年3月20日，为了推动泥河沟古枣园的保护工作，北京乡村文化保护与发展志愿者协会发起人蒋好书女士召集9位志愿者代表在此集会，舒导位列其中。她一方面接受农业部委托，为农业文化遗产地拍摄一部纪录片，另一方面要记录我们的乡村建设的足迹。为了能准确地记录佳县古枣园和泥河沟村的风貌，6月14日，她专程到中国农业大学与我见面，听取我对拍摄纪录片的建议。紧接着我们在村调研并举办泥河沟大讲堂期间，她带领摄制组进行了全程记录。10月28日，在片子制作后期，她再次到我的办公室，就农业文化遗产的保护理念和我们在村里两年所做的工作，进行采访交流。在此摘录片段，以期透过纪录片拍摄的焦点问题，诠释我对农业文化遗产保护的理解。

　　舒：请您先谈一下农业文化遗产推出的背景。

　　孙：近几十年来，工业化的农业给全世界各地的乡村环境造成了严重破坏，农业的可持续问题面临深度危机。在这种背景之下，粮农组织发起这项国际计划，试图在像我们这样古老的农业国家寻找智慧，以破解农业持续千年之谜。因此，农业文化遗产保护对确保粮食安全和食品安全、对于我们重新认识乡土价值，都具有战略性意义。

　　中国农业部高度重视这项工作。从2013年开始，连续3年认定了62项中国重要农业文化遗产，其中有11项是全球重要农业文化遗产，位居首位。这是我们几千年农耕文明的荣耀，也是老祖宗留给我们的宝贵物质财富和精神财富。

　　舒：佳县古枣园作为重要农业文化遗产，它值得保护的到底是什么呢？

枣园生活（贾玥摄）

孙：佳县能拥有中国和全球重要农业文化遗产的名号，就在于这36亩古枣园。它和这里老百姓的生产和生活紧密相关，不仅仅是一个园林景观，更是老百姓的生存之本。怎么来保护这片古枣林，要保护什么？这就得回到粮农组织对农业文化遗产的基本定义上来。我只想说3个最关键的词：第一个是生物多样性。要想保留一片农业景观，要想让农业持续发展，就必须以此做支撑。如果没有山川河流，如果没有动物、植

志愿者与村民在一起（熊悦摄）

物，那这片景致就跟农业无关，跟我们想象的乡村无缘。所以保留生物
多样性是我们进行农业文化遗产保护的基础性前提。对于泥河沟来说，
就是这片山林以及与之相伴共生的生物群落。第二个是文化多样性。山
林再漂亮，农业景观再震撼，如果没有人的耕作，都将化为乌有，所以
与枣树相伴生的农耕生活、村落形态，是我们保护的重点。第三个是可

持续发展。它是以保护生物多样性和文化多样性为前提的，持续发展而后才是老百姓生活水平的提高。从这个意义上讲，农业文化遗产保护中生物多样性与文化多样性是相辅相成的。只有这两者融为一体，才有我们所说的可持续发展。这两者是缺一不可的。

那么，遗产保护和乡村发展是矛盾的吗？实际上，保护和发展是一体两面，没有保护绝对没有发展。我们保护遗产的目的就是为了让它"活"起来，活的目的是为了让后世子孙可以承袭祖先带给他们的永不衰竭的资源。因此，我们所说的遗产保护，实际上是为未来发展寻找出路。从我们几千年的文明史可知，正是老百姓对于自然环境的精心呵护和在实践中积累的农耕智慧，才有了未曾衰竭的生产和生活资源。如果祖先缺乏这种保护意识，我们的农耕文明就不会持续至今啊！对于泥河沟来说，保护好古枣园的前提是把村里的山林和人居聚落保护好，让人与自然系统和谐共生。36亩枣园被列为农业文化遗产之后，听说有人提议把这枣园里的榆树、杨树都砍掉，这不是保护，是破坏。我不是专家，对于生物知识的了解有限，但它们已经与这片枣林共生几十年或者更久，一些鸟可能就喜欢在这些树上栖居，因此拍脑门就想砍掉显然是不行的。我们保留的是一个农业系统，而不是保留那几棵枣树。当我们把古枣园当作一个系统加以保护的时候，对于农业文化遗产就会有新的认识。黄河和车会沟在村民那里被称为"大河"和"小河"，在与它们带来的灾难抗争中，人们创造了极具地方特色的人文景观，不仅有丁字坝、顺水坝等各类水利工程，也有寄托心理安慰的河神庙、龙王庙和观音庙。这些与灾难同源的文化创造和生存智慧，正是我们要保护的文化多样性。我们把遗产地的自然与人文环境保护好了，我们也就有了跟祖先对话的能力。在这里，枣树静静地守望了1000多年，它不会讲话，却目睹了泥河沟村一辈又一辈人的降生与离去。每一阵风过，枣林的声响

山坡的枣林（熊悦摄）

都好像在述说着村庄的过往。这就是我们在相互守望过程中，构成的人与自然和谐共生的系统。

舒：我们要拍摄农业文化遗产地的纪录片，您觉得哪些要素是必不可少的？

孙：我刚刚讲了农业文化遗产的保护理念，从实践层面来看，遗产保护最终极的目标是寻找并利用人与自然之间相望相守的生存智慧。这是所有遗产地保护的通则。泥河沟如果和中国几百万个村子完全不同，那对于我们今天的乡村建设来说就没有什么意义，也就更谈不上拍摄的价值了。正是因为它是陕北一个普通的村落，既有北方村落的共性，又有自己的地域特色和枣乡风韵，所以它才是中国村落的一种类型，它才具有乡土社会共通的价值。

作为一部纪录片，要在挖掘本土生态知识和生存智慧的过程中，彰显两种意识：一个是灾害意识，一个是生命意识。这是这方土地上的人们千百年来留在心底的主旋律。纪录片能准确地存留当下村庄的生活形态，记录这个时代乡土社会的基本形貌，既是对祖先的敬畏，也是对后辈的交代。在我们的调查中，很多老人讲出了他们和枣树的情缘，无论是因为吃了一颗枣就嫁到了泥河沟，还是因为枣树被黄河水推走之后的悲伤哭泣，人与枣的生命相依都得到了生动的解释。你们的片子要上升到这样的层面，要把他们的生产、生活和他们的心灵世界连接在一起。在村民栽树和管理树的情感中，有令人沮丧甚至绝望的劳而无获，有对自然恩赐的感激之心。正是在这样的生存状态里，才培育了当地人的一种自然意识、一种保护意识。大自然恩威并济，也让他们有了独特的生活设计。所以，表面上看，龙王庙、河神庙的祭祀不过就是敬神，打醮仪式不过就是驱灾辟邪，实际上它们蕴含着当地人热爱生活的心理品质和强烈的生命意识。人与自然、生产与生活一刻间都没有离开过，它们就是浑然一体的。

这里想特别强调的是，你们的片子要在呈现陕北地域文化的同时，展现出一个中国人的精神故乡。农业文化遗产地的片子，要有这样的吸引力。陕北的地域符号很多，窑洞就是突出的表征。多少人看到它的时候都为之心醉、为之心碎啊！你们的镜头要激活观众踏着农业遗产这个枝蔓寻根的欲望。纪录片用遗产的理念把当下与过往衔接起来，把对宜居的想象与乡土事实连接起来，就是最完美的拍摄。如果在你们的画面里出现了佛堂寺庙会，江南人就会想到鲁迅笔下的社戏，当庙会与故乡印象连接在一起，中国人祖祖辈辈源于土地的情感就会一次次被激活，所以你们的片子不必以乡愁为主题，但是展现的却是这种根脉性的乡愁。

舒：您带着学生在泥河沟整理村庄的历史和文化，这样做的目的是什么？为什么在这里先开始这项工作？

孙：作为关注农业文化遗产的学者，我对每一个遗产地都心存敬意和探问的欲望，好像都是一个神秘的存在诱惑着我。当我在申报材料中看到有跨越千年的枣树，而且依然枝繁叶茂，硕果累累，自然就产生了亲眼看看的冲动。事实也是这样，2014年6月11日当我走进古朴的泥河沟村，看到那片神奇枣林的时候，我的心一下子就被它牵引了。我想搞明白，农业景观背后潜存的那个智慧在日常生活中是怎么表现出来的。也是因为这次出行，一种危机感和使命感便与我相伴了。为什么呢？村里几乎没有正式的文字记载，年轻人离村，老年人渐已告别尘世。跟枣林相伴的农事生活与农耕智慧，今天还在老人的行动中、言语中存活着。但是，一个老人离去，这里的故事就永久性地失去了。也许你会追问，老人的故事跟这个村庄有什么关系？跟这片枣林又有什么关系呢？我们每一个人都不是孤立于世外的，所以透过每个人的生命历程，可以看到一个村庄的命运。尤其是在中国的这种乡土社会的大背景之下，我们每一个人的喜怒哀乐，悲欢离合，都和这个国家紧密连接在一起。因此，每一个村庄都有乡土中国的影子。

舒：您再补几句吧，这个记忆对于一个村庄，对于一个人来说真的有那么重要吗？

孙：每一个老人的离去，带走的是一份永远都不会复原的记忆。为什么我特别关注记忆呢？我对今天的中国乡村有一个判断，就是我们的乡土社会正处于"集体失忆"的边缘。失忆是记忆相对应的一个词。如果想象一下失忆对我们意味着什么，你就会更加理解记忆的特殊价值。

我们先不讲一个村落，就先讲讲我们自己。如果一个人因为突发事件突然间失去记忆了，睁开眼睛后不认识自己的亲人，这将意味着什么？意味着自己不知从何而来，更不知去向何处。对于一个人来说，这就是一场灾难。我们活着，但失去了灵魂。当一个人失去记忆，便不知如何生存；当一个家庭失去记忆，家庭熏习出来的文化传统也就荡然无存了；当一个村庄失去记忆的时候，这个以血缘和地缘凝结起来的村落社会，也就崩溃瓦解了！那么一个国家呢？"欲灭其国，先去其史"，如果后代把祖先的历史和荣耀都忘掉，那这个国家真的就没有希望了。一个民族也一样，当一个民族把自己的文化基因和生物基因都忘掉，这个民族就离崩溃不远了。

我们今天的乡土中国，在经历快速现代化和城市化后，在努力追逐工业文明的过程中，把祖先留给我们的生存智慧渐渐淡忘了。我理解的全球重要农业文化遗产，其重要目的就是让那些已经失落的和行将失落的农耕技艺，还能在这个时代里延续下去，以应对全球性危机。我们在泥河沟所做的工作，就是要存留村庄的集体记忆，让它能够成为一种力量，让那些为生计而漂泊的年轻人不忘记祖先的历史，让老人们在村里因存留祖先的记忆而有一份生存的尊严。我相信这是这个村落最应该存留下来的文化基因，有一天它能发挥作用，它可以成为整合新一辈人的精神力量，是一种连接着祖先和他后辈的一条无形的精神纽带。由此可见，存留记忆是存留过去，更是定位自己的当下，从某种意义来说，它更直指未来，让我们能够始终带着祖先传递给我们的生存智慧，永远走下去，这不就是可持续发展嘛！

舒：你们在泥河沟的工作有很多收获，为村里整理口述史、文化志，还专门请摄影师为村里拍摄，都是在存留村庄的集体记忆。我们的纪录片拍摄也应该能发挥这样的作用。您刚才提到农业遗产地的纪录片拍摄要彰显灾害意识，能否再多说几句？

孙：我们通过口述的方式将这样的历史记忆定格，一来是想说明泥河沟世世代代栽种枣树的历史就是他们和灾难抗争的历史，是跟自然寻求和谐之道的历史。第二点想要表述的是，正是一个又一个看似平常却情感深沉的故事，总能够唤起我们对枣乡人民的一份敬意。那里的人民就像那干枯的黄土高原上生长的一棵棵枣树，恶劣的环境下依然能够枝繁叶茂，永远有一种坚韧的生命力量。在这个过程中，在与枣树亲和的日子里，让我对陕北的地域文化，对那里的人民生出了很多特别的情感。我为什么说泥河沟人呵护枣园的过程就是他们与灾难抗争的历史？当我们走进村里的时候，会看到几处重要的文化标志：河神庙、龙王庙和观音庙。河神庙跟河运、跟水患连接在一起；龙王庙是为祈雨建的，旱灾、洪灾可想而知；村口的观音庙是在多灾多难背后寻求活下去勇气的一个重要文化支撑。也许在老百姓的语言表达里，它们不被称为文化，那不过是他们生活的一部分。从这个角度讲，我们是活在文化里，活在记忆中的。

我前面提到，农业文化遗产保护的一个核心是要保护文化多样性，如果把庙拆掉了，老百姓还会记得河伯的生日吗？还会在干旱的时候想着去祈求龙王吗？在我们的心底里边，总有一份对于未来不确定性的担忧，而正是这些庙宇的存在，这些被冠以文化特质的村落景观，在沧桑岁月中不知给老百姓带来了多少心灵抚慰。跟它们相对应的，就是那些活态的民俗生活。无论是佛堂寺的庙会，还是打醮仪式里的敬神，这样的活动都是农耕生活里重要的文化展演。这是村庄里盛大的节日，它与老百姓的生产生活密切相关，寄托了他们对于美好生活的向往。

除了这样的大型仪式，村里还有一些重要的生活节点。比如，六月六要吃西葫芦炖羊肉，这是老百姓在枯燥的劳作生活后对最基本生活的需求。再比如，入伏第一天，村里人就会到黄河里浮河，以洗去一身的尘垢，洗去身上想象的病痛，让大河把所有的这些都带走。这是他们精神和肉体上的一次放松，也是对生活的一种积极的想象。这点点滴滴的快乐，是那些终日与土地相伴的人，对于自己生活的片刻装点。我总说，农民有自己的时间刻度，像这样的生活瞬间，在泥河沟这样的乡村，一幕又一幕地上演着。当我们用文字、用声音、用图片、用影像，把它们记录下来的时候，我们实际上就记录了生活的一些片段。历史的长河我们无法追逐，但是生活里的片段我们却可以捕捉。也许正是在这样存留历史的过程中，我们会觉得完成了我们这一代人对于记忆的一次存留吧！

舒：您带着学生在泥河沟所做的工作，实际上是在进行乡村建设。从你们第一次去佳县到现在，您如何评价你们的工作？是否达到了您的预期？

孙：我带学生在乡村的工作，总是让我对未来充满信心。所有驻村调查的日子，不仅培育了他们对乡村的情感，也训练了他们的能力。作为中国农业大学社会学系的老师，我能在乡村实践中培养自己的学生，是一件特别快慰的事情。从第一次走进泥河沟到现在，两年半的时间倏忽而过，时间过得太快了。但是每当我想到泥河沟老百姓的时候，想到在远方还有那么多人挂念着这个村庄，就会感到非常幸福，这世间能有别人挂念着是一件多开心的事儿！但是每当听到泥河沟的枣又因雨水太大而烂成一地的时候，当老百姓觉得生计难以维系，自己又无力去帮忙的时候，心里隐隐的痛就会自然萌生。我想这也是一份因工作而带来的特殊情感吧。在与泥河沟相伴的日子里，我总是在想今天所做的这些工作最终指向在哪里。我一再强调，我们和老百姓共同完成的几本书，定格了泥河沟的部分历史，让这个没有文字记载的村落有了厚厚的文化积累，这是我们这一辈人所能做的事情。而尤为令我欣喜的是，村民对于农业文化遗产的认知，对于保护家乡文化的这份自觉。

舒：您在工作中看到了泥河沟的变化，老人、年轻人都开始关注村子的发展。我觉得意犹未尽，还想听您讲讲对年轻人回村的看法，听听您心目中泥河沟的愿景。

孙：乡村建设当然需要年轻人，但今天的泥河沟还没有足够的力量吸纳年轻人回来。假如他们回村却无所事事，生计无着，那将是更可怕的事情。对于中国大部分乡村来说，农业机械化水平的提升已经不需要那么多的劳动力。再者，从人性关怀和个性发展的角度来看，在这个地球村的时代，我们没有任何理由把年轻人捆绑在乡村。他们有资格走出去，不是仅仅走出自己的村子，而是要走到省城，要到北上广这样的一线城市。如果可能，他们还要走到国外去，去看一看这个丰富多彩的世界，这是每一个年轻人应有的权利。

事实上，乡村面临着不景气的经济状态，每一个年轻人都有一种无力之感，尤其是当家乡的大枣不能够满足他们基本生活所需的时候，他们唯一的路就是走出去。近年来，每年大约2亿农民迫于生计而离开家乡，面对这一现状，我们能为乡村做什么？今年4月1日我在贵州大学讲座时说，在乡村里的年轻人为了生计而无力守望家乡的时候，就让我们用另一种精神力量替他们守望吧。有朝一日，当他们缓解了经济压力重返家乡的时候，故乡还在，那是一种多么美妙的人生境况啊。

您提到泥河沟的愿景，我还真是时常畅想。作为农业文化遗产地，它应该以最质朴温润的形态出现在世人面前，它应该成为中国乡村一种独具特色的类型，是享受慢生活的理想之所。这里的自然条件使其几十年深陷贫困的旋涡，我希望还是这样的自然条件使其走上小康幸福路。那么，我们怎么来做？今天有很多人认为乡村是无望的，也因此产生疑问——改变一个村子有用吗？屈指可数的热血青年试图去改变中国乡村的现状可能吗？最近两年的乡村实践让我认识到，只要行动就有价值！我想，我们所有村庄的外援，以及泥河沟的村民，不论是在村的老人，还是在外打工的年轻人，我们大家都从改变自身开始，一场悄悄的生命变革一定会发生，我们所期待的愿景就会变成现实。

舒：我想请您用比较简单的一句话，概括一下您眼中的泥河沟的老年人和年轻人。他们对家乡投入的情感，以及你们努力的方向。

孙：我们走进泥河沟村所做的这些工作，与老百姓共同书写村庄的历史。更重要的是，回忆历史的过程，实际上是为整个村庄注入了活力，让曾经觉得没有自信的老人，感受到了一种自我存在的意义和价值，让他们有了守望乡土的热情。与此同时，我们这份力量的注入，也让那些背井离乡、出去打工的年轻人有了回望的深情，让他们觉得这个曾经凋敝的村落，这个不被人关注的村落，有了他们渴望的一线生机，有了延续下去的希望。无论是老人的守望，还是年轻人的回望，在这个时代里，通通汇聚于此。正是因为这份带有怀旧和乡愁的情感，支撑着我们努力去营造一个中国人理想的精神故乡。

舒：这就是我想要的精彩结尾！

在乡创业青年武小斌一家（侯玉峰摄）

庆典晚会让村庄"动"起来　**17**

今天的乡村不是破败的，乡村的魂灵还在。我们不要被它的表象所迷惑，认为乡村真的无望了，每一个乡村都蕴含着一种力量，这种力量足以让我们寻找到乡村发展的创生性机制……

2014年7月，我和学生第一次驻村调查期间，佳县人大常委会主任强国生多次到村里看望我们。同学们的尽心工作让这位地方干部深受感动，他对我说："娃们太辛苦了，咱们准备一台晚会吧，请几个佳县的歌手，让你们听听陕北民歌，也让老百姓乐和乐和。"令我没有想到的是，在他的两位助手高剑利和王万刚的操持下，只用一天的时间晚会就准备停当了。他们在昔日开章小学的院子里制作了舞台布景，请了当地唱二人台的歌手，在声光电的陪衬下，晚会特别红火，老百姓非常高兴。

这台晚会的目的是庆贺佳县古枣园成为全球重要农业文化遗产，其主题是"缘系泥河沟，共叙枣乡情"。在晚会开始之前，我的学生陈俞全用流畅的英文，朗读了联合国粮农组织的授牌词并做了翻译。我做了5分钟的讲话，祝贺陕北这么一个不被人留意的小村子成为全球重要农业文化遗产地。就这么一个简短的开场，晚会沸腾了，村民不仅记住了这个读起来拗口的名号，还对我们的调研工作投入了更多的热情。

为了体现中国农业大学学生的创造力，我的学生也施展了各自的"神通"：曹玉泽根据前5天的调查信息，利用两个小时创作了一个剧本，讲述了村民修建沿黄公路的故事；其他的同学则利用去卧虎湾踏查的间隙，安排角色，对了一遍台词。表演过程中，每个学生的发挥都令我惊讶，他们在后台看两遍词，就冲到前台，居然神情自若，好像成竹在胸。孙兆琦用借来的萨克斯吹奏了一曲《山丹丹花开红艳艳》，学生们还集体演唱了中国农业大学校歌，这是老百姓很少听到的声音。演出结束后，时间已经很晚了，但乡亲们都不愿离去，这是寂寞山村的不眠之夜！第二天凌晨4点多钟我去厕所，看到武忠凯老人在小学校的门口徘徊。他一见到我便走过来说："孙教授，我终于等到你了。"我说："老人家，这么早，您找我有急事吗？"他说："我昨天晚上几乎一宿没睡着觉,我又想起了一个传说,我要讲给你听,我怕忘了。"那一刻,我心里说不出的高兴,因为老百姓对于存留自己家乡文化有了新的认识。等6点多钟的时候,我走到村口的"人市儿",当我问及咱们村有一个世界级的名号叫什么呀?70多岁的老人都能说出"全球重要农业文化遗产"。那一天,我真的被乡亲们感动了,我看到了乡村复育的希望。

2015年7月9日,我带着学生第二次来到泥河沟时,看到了令我动容的一幕。村、镇的领导以及身着盛装的村民在村口等了一个多小时,他们在锣鼓声中扭着欢快的秧歌把我们迎进村里,以陕北人最高礼遇欢迎远方的客人。当锣鼓声响、哨声划过耳际的时候,我的心情变得异常沉重,我为这个村子做了什么,又有何德何能,享受如此接待啊!在开章小学院里举行的简短仪式中,我说:"乡亲们的这份热情相迎,我和学生实在无以为报。只有尽心工作,才对得起泥河沟的百姓。"细细想来,我们好像没为这里做什么,如果有的话,那就是村民所说的"给了我们希望"。尽管这希望是微弱的,但他们知道在远方还有人像我们这般关注着他们。我和学生十分清楚村民想改变现实生活的诉求,后面的两年也一直倾注心力,为村民做了我们力所能及的事情。

7月19日,为了庆贺泥河沟村古枣园成为全球重要农业文化遗产暨中国传统村落一周年,村里又举办了一台晚会。与前一年不同,外力退居其次,这台晚会是由村民自主举办的,除了舞台布景的设计是由原本营造的建筑设计师和乡村文化保护与发展志愿者协会的骨干帮忙,村里老百姓自己动手、自编自演,表现出了极高的热情。在外打工的年轻人纷纷回乡,参与节目的编排。村里也因此出了各式各样的"英雄",老百姓自己的创造力得到了尽情发挥。在欣赏农民排练时,我们感受到了一份特别的欢喜。通过前一年的调研,以及其间不曾间断的联系,老百姓的精气神改变了，不仅对古枣园关爱呵护，也对村里的建筑乃至一草一木心生了一份感情。他们虽然对遗产本身的理解有限，但知道这些曾经被看作平常之物的窑洞与戏楼，都是村里的宝贝，都是农业遗产的一部分。这是我们通过举办晚会，把农业文化遗产的观念和村落保护的观念宣传给他们之后，所产生的积极效应。

2015年的晚会有很多难忘的瞬间。80多岁的武子勤老人不识字，却能即兴创作快板，讲述村庄的历史故事，抒发当下感受。他是村里的石匠，还当过纤夫，在黄河上搞水运。在古朴的小戏楼上，70多岁的老人、50多岁的中年人与年轻的"80后"同台演出，用老百姓的话说，这是几十年难有的红火、热闹。这台晚会有几百人参与，村庄因此而变得沸腾起来。后来晚会的视频放在优酷网上，据说流传很广。这是他们自己组织的庆典，也是年轻人回村团聚的节日。这样的活动让我们感受到了民间文化的特殊力量。作为参与者的我们，与村民共度了这难眠之夜。晚会结束后，我一个人在窑洞外坐了很久，仰望满天的星斗，看着枣园里枝叶繁茂的枣树，看着那夜幕之下的金狮山和银象山，在为这方百姓感到幸福的同时，也有一份无法名状的感伤。不知道为什么，总觉得要让这里的乡亲们告别贫困、过上好日子，是我们每一个和他们接触的人都应该有的一种念想和责任。这也是我们调研工作

武子琴勤老人说快板（熊悦摄）

得以持续的心理动力吧。

2016年7月14日至21日，我们再度走进村庄，与村民共同做了两件大事：其一是7月20日举办了泥河沟村全球重要农业文化遗产暨中国传统村落的两周年庆典；其二是开办了为期5天的泥河沟大讲堂，向村民全面地宣传农业文化遗产保护理念，汇报两年间多方参与力量为村里所做工作的进展情况。

庆典晚会有几百人参加，村里出去工作的300多位年轻人回到家乡，这对于已经缺乏生气的乡村来说，无疑是最为重要的一笔资源。我们希望通过这样的仪式，让这个沉寂的乡村有一份生机，让老百姓获得一份自信，对自己的家乡，对破败的窑洞，对那个带给他们灾难的车会沟。

这台晚会带给泥河沟的又是一个不眠之夜。我希望它能记录我们两年的摸索历程，以及每一位乡亲为村庄投注的感情。晚会的举办充分说明，人们对自己家乡文化的存留欲望是强烈的，是真诚的！尽管我们从老人脑子里挖掘故事很难，但是这几年磨出来的文字足以让这方水土养育的百姓知道，他们不是没有过去、没有历史的一拨人。他们丰满的历史和那1000多年的枣树一并走来，寂寞乡村里的单调生活可以改变，就像那已经漏雨的戏楼可以被重新装点，就像那无声的舞台可以再度歌舞同至。目睹村民的这些变化，还有什么精神变革比这更令人欣慰呢！

我们为泥河沟大讲堂做了精心的安排，专门邀请了那些曾经在村里做过深度调研的人。村庄的建筑设计师、红枣品牌设计师唐勇、何颂飞、杨兆凯等专家学者，为乡亲们呈现了一场又一场科普性质的报告。他们一边讲村里的文化，一边和老百姓筹划村庄的未来。全村的男女老少听得都很开心。我想通过这样的形式，增加老百姓对于农业文化遗产的理解，让他们参与到村庄建设的行动中来。令我没有想到的是，我们仅仅做了点滴，却让乡亲们那么满足。因此，在此次夏季大讲堂之后，2017年1月13日至20日我们又举办了泥河沟冬季大讲堂。与此同时，还组织村民外出学习，寻找家乡发展之路。

2016年夏天，对于泥河沟的每一位村民来说都是难以忘怀的。他们看到了家乡变化的希望，也看到自身的能量。7月21日早晨，回北京之前，我到戏楼的人市儿和老人们告别，他们对于大讲堂和晚会的满意让我感动。乡村渴望着有新的声音、新的力量，村民渴望生活的变化。5天晚上的大讲堂，村里的一些长者总是坐在第一排，静静地听完每一堂课。在我看来，这就是一道独特的乡村景观。再想到前一日，我们领着放假回村的孩子们，一起出去捡垃圾的场景，快乐的心绪溢于言表。村民武三军的儿子武小宇只有11岁，我们一起收拾垃圾时他对我说："老师，天上有小飞机。"我说："那是中央电视台在这里航拍咱们村庄。你为村子打扫卫生，有可能被收入到镜头里噢。"小男孩告诉我说："我上不上镜头根本不重要，重要的是，咱们村一天比一天干净，一天比一天漂亮。"这么多的事实都在无形中给我力量，让我感觉到，今天的乡村不是破败的，乡村的魂灵还在。我们不要被它的表象所迷惑，认为乡村真的无望了，每一个乡村都蕴含着一种力量，这种力量足以让我们寻找到乡村发展的创生性机制。

此次与我们同行的除了长期合作的义工团队，还有《科技日报》和《农民日报》的资深记者李大庆和郑惊鸿。他们都从各自的观察视角记录了这个陕北村落的变化。纪录片编导舒欣还专门请摄制组全程拍摄了我们的夏季大讲堂和这场村民自编自演的集体大联欢。在村期间，我还接受了《世界遗产》记者谢阮红的采访，重点回答了她的3个问题。

记者：泥河沟村的乡建可以说是一种独特的模式，从社会学、人类学的角度调研入手，并逐渐推动其他方面的建设。您这样切入的基本想法是什么？

孙：泥河沟村没有文字记载的村史村志。过去没有人记录，他们活得挺好。但今天不一样了，一是在城镇化的大背景下不去抢救行将消逝的村落文化，记忆就会永久消失；二是过去口耳相传的记忆，在电子化的时代可以很好地得到保留。也就是说，将亟待存留的乡村记忆与记录社会变迁的新技术结合，让曾经飘移在记忆中的历史定格，让子孙后代无论在什么时候，都能知道祖先曾经怎样生活，这就是我一个学社会学、人类学的人最质朴、最原初的思考，除此之外没有别的。

要想改变一个地方，必须改变一个地方的人，改变人的观念。我们在泥河沟村工作的这两年就是在推动这项工作，强调村民的能力建设。通过制作口述史、开办大讲堂等方式进行科普，就是让村民理解我们的工作，理解了才能认同，认同了才能一路同行。泥河沟的工作，正是有了这份认同与信任，才有了村民值得欣慰的变化。接下来，我们要和村民共同协商，在前期调研的基础上，制订出新的社区营造计划。

记者：您的团队和后来介入的团队，是怎样一个协作机制？

孙：设计师团队抓硬件，我们抓软件，软硬结合，软硬兼施，这样才有可能推动乡村建设工作。各团队在我们的调研中寻找到很多理解村庄、认知村庄和改变村庄的路径，我也在和他们的交流过程中，更进一步认识了建筑设计的理念。在村庄规划和发展愿景上，我们实现了优势互补。

虽然我们在工作上进行了很多人为的分割，各团队负责不同的内容，但实际上乡村是一体的。比如我们构想了乡村美好的田园景观，但如果窑洞都是破败的，影响了老百姓的生活，那就谈不上美好了。因此，物与非物的保护是同行的。乡建的实际需要，决定了我们必须把各建设团队整合在一起，这样才能多方位服务乡村。我们两年多的工作，集中体现在一点上，就是在重新认识家乡文化的时候，让村民生起一份自信心，并能培育出一种自觉的保护意识。这些都是我们在前期的调研中自然铺垫并达于共识的行动方向。

记者：泥河沟的乡建，得到了政府的大力支持，这是非常可喜的变化。在您看来，民间组织与政府之间通过怎样的互动才能产生更好的效果？

孙：最近看到微信群里有一些争议，说乡村建设只有民间推动才可能落实，政府干预就会使乡建行动失去独立性。我认为这样的认识是有问题的，因为大家的目标是一致的，都希望乡村美好，希望农民过上好日子。就我的观察而言，我们的哪一级政府都想为老百姓做事。我在乡村调查的20年间，目睹了从县委书记到乡镇公务员，其本意都想为一方百姓造福。为官一任，哪一个不想获得老百姓的口碑！我们的乡村建设试验，没有政府的参与和支持，最终什么事情都很难办成。

农业文化遗产保护明确规定，由县级政府组织申报且对保护工作负责。在佳县古枣园的保护工作中，政府能做的一定由政府来做，而民间力量可以弥补不足。佳县的古枣园在泥河沟一个村，而其他的遗产地，核心保护区往往涉及几十个村，最为可行的策略就是政府和民间力量的合二为一，二者在自上而下和自下而上的互动中找到一个平衡的支点，这才是乡村建设最理想的状态。

我们采录口述的初衷就是为这个没有文字记载的村庄记录过往，能够让它和全球重要农业文化遗产名实相符，可是我们不曾预期的结果却意外出现了。在参与式的行动中，农民的保护意识被唤醒，他们重新发现了自己村庄的魅力。如今，当我们回观4年的历程，不得不说，泥河沟的实践超越了一村一寨的"试点"，它的深层价值在于探索并诠释了多方参与、优势互补的农业文化遗产地保护机制。在这项乡土试

2015 年团队探访石塌上家族祖居地沙塔湾（侯玉峰摄）

验中，中国农业大学农业文化遗产研究团队、建筑师团队、摄影师团队，以及青年志愿者团队，共同为乡村振兴做出了贡献。也就是说，研究者、民间机构、当地政府和众多村民，多种力量的辐辏聚合与激荡助力，为重新发现乡村创造了不可或缺的条件。这种多方参与机制下的乡村试验，也预示着一种事实，那就是在这个时代里，启动民间力量，在自己的土地上进行文化耕耘的机缘已经成熟。

古枣园文化节里的讲堂留声 18

如果有一天他毫无感情地离开了村庄，一辈子都不想再回来，那个村子留着也没用了。今天我们把乡愁留下，不论去到哪里，只要一想到我的祖坟还在泥河沟，村里还有十一孔窑，窑里还放着奶奶出嫁时带来的箱子，这个故乡就没有丢……

佳县古枣园文化节是一个特殊的日子，专为纪念泥河沟村的古枣园成为全球重要农业文化遗产而设。连续3年的夏天，这个平时寂静的村落，因为我们的到来变得异常红火热闹。佳县古枣园文化节俨然成了乡亲们惯常生活里的盛大节日。2016年夏天，我们为文化节设计了泥河沟大讲堂、乡村发展座谈会、枣缘社会专题展、村民联欢会等系列活动，不仅彰显了外部支持的推动性力量，更呈现了村落内部所蕴含的创生性品格。7月15日晚8点，泥河沟大讲堂（夏季）拉开序幕。作为第一讲，我授课的主旨是总结过往村落文化发掘工作，引导村民重新认识自己的家乡文化。而今，翻阅昔日的录音文稿《说说咱们的泥河沟》，宛如又回到了那个充满了欢乐的夜晚。

各位父老乡亲，感谢有这样特殊的机缘，让我成为泥河沟大讲堂第一讲的授课人。此时，咱们两位县委书记亲临现场，和老百姓坐在一起，来听农民大讲堂，令我心生敬意。更让我感动的是，乡亲们有的住在紫柏崖垴、石坬口头，天黑走下来很不方便，还能到这里听我唠叨，这对我来说是万分荣幸的事情。

中国的大学教授很多，但享受到我这种待遇的太少。2015年我带着学生来调研，当我们走到村口，村里用陕北人最高的礼遇扭秧歌来欢迎我们，我的学生"吓"得不敢从车上下来。那一刻，我的眼泪都要流出来了。孙庆忠和他的学生何德何能，能够享受乡亲们这么高的礼遇！

为了让咱们老百姓更多地了解农业文化遗产，了解中国传统村落，以便通过自己的努力改变家乡的面貌，成为永远快乐的人，我们举办了此次大讲堂。自2014年古枣园成为全球重要农业文化遗产，咱这个封闭的小山村声名鹊起。用杨政书记的话，"幸福来得太突然"，以至于我们市里、县里的领导都没做好心理准备。老百姓更不知道村里活了

1000 多年的枣树在专家眼里是怎么解读的，为什么偏偏泥河沟村的这36 亩古枣园能成为陕北的文化标志物，为什么联合国粮农组织能把这块宝贵的牌子给佳县。我希望今天能够用简短的话，把这些事跟乡亲们交代清楚。让村里老百姓的日子能越过越好，咱们不仅腰包日后会鼓一点，还要觉得自己每一天都活在幸福之中。

我有一个梦想，让泥河沟村成为中国最美乡村的代表。别小看这几孔烂窑，也别小看常被大水冲垮的漫水桥。只要咱们努力建设我们村，不出 10 年，它一定会成为保留陕北风貌、拥有淳朴民风的宜美乡村。那时候，世界各地的朋友就会经常光顾这里。

各地的朋友来到我们村来看啥，这是我今天晚上要重点讲的事。咱们村像元宝一样镶嵌在三面山的中间，村口金狮山和银象山的名字不是随便起出来的。佛教里有四大菩萨，我们的观音庙里有观音菩萨和地藏王菩萨，佛堂寺里还有两尊菩萨，一位是文殊菩萨，他的道场在五台山，坐骑是青狮；另一位是普贤菩萨，他的道场在峨眉山，坐骑是白象。两大菩萨坐骑守护下的泥河沟村，本身就有着天然的神秘色彩。我看到泥河沟村的全景图在网上广为流传，好多人评价说"好像是神仙居所"，所以，把这里建成最美乡村，不是遥远的愿景。事实上我们已经生活在人间仙境里。当然，生活条件的改善是当务之急，但正如我一再强调的，乡亲们千万别心急，乡村改造是需要时间的。我们要先了解我们的家底，要知道我们所拥有的资源，这些都是必要的准备。

去年来调研的时候，我们进谁家都问宝贝在哪里，老人家都说，家里除了破箱子、破罐没别的。后来才发现，这些全是咱村的宝贝。我希望几年之后，十一孔窑能成为泥河沟的乡村记忆馆，它不仅记录泥河沟的当下，还记录它的昨天。后辈子孙会因为那里而心生一份眷恋家乡的情感。这是咱们村老百姓在 1979 年自己动手修建的学校，是村里的历史

守护村落的金狮山（侯玉峰摄）

丰碑。它承载着几代村民的记忆，特别是在十一孔窑读过书的年轻人。他们此时可能远在他乡，但有朝一日回到泥河沟的时候，他们第一件事是回家里看老爹老妈，第二件事就得撒腿往寨则上跑，来看这十一孔窑，因为这里珍藏着他们的童年记忆，也珍藏着他们祖先的印记。

……

2013年，古枣园被农业部列为中国重要农业文化遗产，2014年又被联合国粮农组织列为全球重要农业文化遗产。到2015年年底，全球总共仅有15个国家的36个遗产地拥有这项桂冠。中国拥有着5000年农耕历史，目前有11项世界级农业遗产，泥河沟村就拥有一项。更特别的是，别的遗产地都是一个县，或是几个乡镇连在一起，佳县古枣园是唯一一个以村落为单位的遗产。

幸福来敲门了，我们该做什么？泥河沟村在两年间发生了太多变化，从最初老百姓不知道农业文化遗产，到今天外界关注、村内行动，这些都是令人欢欣鼓舞的事实。我在家里能通过小视频、图片看到修大堤坝时热火朝天的情景，为乡亲们的干劲所感动。黄河、车会沟曾带来那么多的灾难，今天我们就要让它变成一条幸福的河、一道幸福的沟。

佳县古枣园、泥河沟村能有如此大的变化，请不要忘记这些人。除了北京的各个志愿者团队、县里的领导，我还要特别感谢两个重要的人物。一个是强国生主任。2014年我来到这里的时候，当时了解农业文化遗产的人还不多，关注的人也不多，强主任一直陪伴着我们。在我们去朱家坬镇拜见任锦双书记和魏永健镇长的路上，强主任说："教授，我要为自己的家乡做事。我们今天做的所有的事情，实际上都是为最后的悼词里填内容呢。"这句话让我非常感动。我们的地方干部都在用自己的生命做事，要是没有强主任这两年的呵护，我们的影响可能没有今天这么大。另一个是高峰老师。我们特地邀请了几位嘉宾做咱们村的口

泥河沟大讲堂（熊悦摄）

述史，其中，和村里血脉相连的就是高峰老师。60多岁的高峰老师，守护咱们村的枣树30多年，已经退休。村里的老百姓他都熟知，他为泥河沟千年枣树的保护立下了汗马功劳。这两个人物是从开始到现在，一直坚守的代表。我们佳县的农业文化遗产能申请下来是不容易的，有很多此前费心申请、后来重视这项工作的领导，朱家坬镇的任书记最早对农业文化遗产不太了解，但他后来高度重视这件事，为古枣园的保护、为泥河沟做了特别大的贡献。苗小军主席是我们的驻村干部，在北京跟他见面，每一次提到咱们村里的人、村里的事情时，他的投入超乎我的想象。如果咱们的乡村干部、驻村干部，能达到苗小军的水平，中国乡村工作的推动也就指日可待了。政府为我们村做贡献的人太多，但是这一刻我只能列举出不敢忘却的这几位，请乡亲们都要记得。人家为我们做过的点点滴滴，咱老百姓都要记在心上。

我们村是幸运的，不仅仅因为这两块牌子降临在我们头上，还因为我们的村子依然以原有的形态存在着，祖祖辈辈居住的窑洞依然是我们最熟悉的文化标志。有学者专门做过统计，2000年全国自然村共有363万个，到2010年总数已锐减到271万个，10年间共减少了92万个村。而我们村没有破败，千年枣树依旧枝繁叶茂，古老的村落生机尚存。你也许会问，咱村原来800多人，现在在村里只有150多个老人，还叫有生机吗？泥河沟村的希望就在于，年轻人有的会回来，有的虽然不能回来，但他不论走多远，心里还挂着泥河沟。如果有一天他毫无感情地离开了村庄，一辈子都不想再回来，那个村子留着也没用了。今天我们把乡愁留下，不论去到哪里，只要一想到我的祖坟还在泥河沟，村里还有十一孔窑，窑里还放着奶奶出嫁时带来的箱子，这个故乡就没有丢！

在村的人自得其乐，离村的人牵挂故乡，这是我们建设家乡的努力方向。与咱村结缘的两年，我了解乡亲们的生活状况，也因此理解一些年轻人的质疑。我们村真的像孙老师讲的那么好吗？老百姓去年收两万斤枣，就卖1000多块钱，这不是问题吗？有问题就得想办法。有问题就有改变的途径，就怕不知道问题是什么。今天高峰老师跟我说，县里要给泥河沟设计几大工程，目的是要改善咱村的环境。他谈得兴奋，我听得精神，他说得满脑瓜子冒汗，我的眼前也不断出现那些值得期待的图景。县里、镇里都高度重视古枣园的保护，这是多让人高兴的事啊。但话说回来，无论外界多努力，咱村的老百姓自己要肯下功夫。我们村有哪些资源可利用，村庄如何规划，文化如何保留，红枣产业如何发展，这些问题都等着我们一起来讨论。不能指望着外面的人热热闹闹地替我们讨论好了。我们不是木偶，村里的年轻人、老年人都可以自己想办法。老头儿坐在那里也想想办法，咱搬不动石头，咱还不能指挥指挥吗？乡亲们都是村庄发展的人力资源。

怎么来保护我们的村落？有很多人脑袋不转就说，保护就是不发展，让我过落后的生活。事实不是这样的！我们今天做的每一件事情，就是要先搞清楚咱村要保护什么，要发展什么。家里有什么都不清楚，谈发展那不就是空谈嘛！

我们积极倡导的古枣园文化节和泥河沟大讲堂，是要全面地展现泥河沟调研的成果。设计师团队给开章小学、十一孔窑、戏楼都设计好了，从明天开始几位设计师就纷纷登场，给大家讲为什么小学这么改造，为什么进村的桥要这样设计。乡亲们如果不同意，可以继续修改，目的只有一个，就是把我们的村子规划好、建设好。今天，我们的夏季大讲堂已经拉开序幕，如果可能的话，2017年1月农闲时，还会有冬季大讲堂。我希望通过这样的方式，让乡亲们理解农业文化遗产，激活老老少少创造生活的能力，这是第一项工作。第二项工作，村民要外出学习。政府会支持老百姓出去学习，寻找自己的发展之路。公益组织也会支持我们，村里老百姓更要自己支持自己。老人协会的会长，佛堂寺的总会首武占都、武世峰、武子周，这些老人都在为我们村做贡献，年轻人爱乡协会也要开始行动。

……

认真听讲的泥河沟村民（熊悦摄）

　　我们的共同目标是让我们的村子越来越好。最核心就是让我们的老百姓有热爱家乡的能力，有经营生活的能力，让年轻人不论走到哪儿都怀念自己的家乡。

　　我今天先讲到这儿，跟乡亲们互动的环节安排在接下来的几天。期待我们的大讲堂能给父老乡亲带来更多的欢喜，期待我们能够借此机会，一起商量、一起畅想我们的家乡、我们的泥河沟村、我们的古枣园应该如何保护，我们的未来应该是什么样子。

2016年7月15日至19日，我们在泥河沟连续举办了5天的夏季大讲堂。90多岁的武爱雄老人每天搬凳子坐在最前排。当我问老人家"大讲堂好不好啊？"老人说："好着呢，我长这么大，从来都没有享受过这么好的生活！"这不是我们的收获吗？当我问武耀存："这两年咱村发生最大的变化是什么？"他告诉我两个字："人心！"当人心开始发生变化的时候，我们看到的不仅仅是眼前的风景，还有社会行动的效应。村委会组织的老人协会、傍晚的秧歌会，欢迎一拨又一拨客人的到来。尽管陕北的生活还很贫困，但是在那里的年轻人却对凋敝的乡村有了新的希望。这难道不是一种社会行动的力量吗？

🍒 **乡村大讲堂的初心与远念**

19

我们的大讲堂，就是要让乡亲们在彼此合作的过程中能感受到一份生活的温暖。在我们生活困顿的时候，在我们有一肚子委屈无人倾诉的时候，还能有一个空间，有一拨人，让我们把烦恼暂时忘掉。只要我们彼此感到很温暖，老祖宗传下来的这份亲情还发挥作用，咱村就是幸福的……

2017年1月14日至19日是泥河沟的冬季大讲堂，我们邀请了安徽阜阳申兴合作社、贵州绥阳狮山村合作社、山西永济蒲韩乡村社区等农民组织的带头人与村民分享乡村建设经验。农民之间的相互学习和交流是最为直接的，也是寻求乡村发展不可或缺的路径。大讲堂期间，虽然天气是寒冷的，但我们每天的课堂却是热烈而温暖的。

"为什么开办泥河沟大讲堂？"从夏季大讲堂到冬季大讲堂，总是有人问我同样的问题。17日，在我和村民的交流中，我问大家是否知道开办大讲堂的目的，有人回答说，"让我们富起来，过得更好"，也有人说，"大讲堂教育我们农村人明事理"。听到这些话时，我的心里很是欢喜。在我看来，这就是泥河沟乡村建设带给村民最为明显的变化。在这个曾经封闭的贫困村落，如何让老百姓重新发现家乡的文化资源，重新认识自身所蕴含的能量，这是"扶人"之本，也是精准扶贫不可或缺的路径选择。扶贫并非只是经济上的给予，重在培育贫困群体一种自身建设的能力。因此，如果把我们的所为与精准扶贫联系在一起，那么我们所做的工作可以称为"柔性扶贫"。表面上看，搜集村庄历史好像可有可无，是"柔性"的，但是它所产生的效应却是弹性的、价值是刚性的。开办大讲堂的初心是希望老百姓内生性力量的一天天觉醒，其愿景则是让村民在发现美、保护美和创造美的过程中，迈向自己用双手打开的幸福之门。

我的课堂就是想跟乡亲们沟通沟通感情，希望我们能在村庄发展的方向上取得一致的意见。我以泥河沟村民的名义邀请了远方的朋友，希望他们为咱村传送好的经验，帮咱们搞乡村建设，但可不是建桥修路，而是进行脑子里的思想建设。希望乡亲们从改变观念开始，让自己每天都能快乐地过日子。这也是我想开办大讲堂的重要原因之一。

尽管泥河沟是贫困村，但是现在的贫困不同于老一辈的贫困。那时候吃了上顿没有下顿。现在咱们能吃饱穿暖。在许多人的记忆中，陕北的冬天很冷。冷是因为缺少御寒的衣服。村里人平时穿一个小棉袄，里头穿一件小背心，来一股风，就是透心凉。小孩子光着脚丫子四处乱跑。武文耀说："穷的时候别说穿短裤了，连袜子都没有。过去为啥盼过年？小孩子盼过年有一件新衣服，妈妈给做一双新鞋子，那就美得不行了。过年还能吃一顿饺子，那是多美的事呀！现在吃穿不愁，天天吃羊肉，你也可能不觉得香了。"与从前比，现在乡亲们的日子好过了。但从现实需求来说，我们村绝大部分家庭还不富裕。因此，我们各路朋友会聚在这里，就是希望能为咱村找到发展的路子，让乡亲们过上好日子。怎样才能达到这个目标呢？幸福不是等来的。在村的老年人能做些啥？在外打拼的年轻人能为家乡做点啥？归结一句话，就是村里人要想办法去改变我们自己的生活。

开办大讲堂的目的是什么？就是让老百姓虽然生活在村里，也能够知道村外的世界。同时，让走出去的年轻人，也能时时牵挂生养他们的村庄。泥河沟村在寻求发展的过程中面临很多问题，我们要学习和借鉴其他地区的好做法。当然，目前最关键的是要把自己的好东西保护好，如咱们的古枣园、古村落，每家每户的庭院都按照要求保护好了，我们村也就真的好了。

怎么保护呢？我们首先要换一双眼睛来重新看自己、发现自己、重新发现自己的美，这就是大讲堂的一个目标。发现美的目的是干什么？发现了美，你们就舍不得别人来破坏这里的美。2014年6月30日我来村里的时候，青生是咱们村的村主任，我问他那个小戏楼怎么样，他说："不好嘛，你们帮我们把这个戏楼拆掉，盖一个新的那该有多好！"但是，当我2014年年底第二次来村里的时候，又问青生几乎同样的问题，

"现在人家要把这个小戏楼砍掉，重新建一个新的怎么样？"青生说："那可不行，这是文物，是咱村宝贝！"他说的这句话，让我十分感动，他还非得拉着我在十一孔窑上边照了相。我举这个例子是想说明，咱村老百姓是令人佩服的，对家乡的一草一木是心存爱恋的。如果我们自己发现了咱村的美，你就不忍心破坏它，别人来破坏你也不干，其结果就是把泥河沟祖祖辈辈留下的宝贝，都传给子孙了。

这样看来，我们就会明白一个事实，一旦我们重新发现了村庄的美，我们就会把其他的事情也按照美的方式来呈现。他年之后，无论是我们走出去，还是远方的友人走进来，都会感慨我们留下了陕北最美的村庄，那个时候，你一定会觉得生活在泥河沟是多么自豪的一件事儿。如果咱村老百姓都有这样的认识，那么村里的一砖一瓦都是自家的宝贝，大家要一起来守护。此时我们没有一笔钱来修复小戏楼或龙王庙，但一定保证别破坏它，可先做简单修复。来咱村的人，除了古枣园的1100多棵枣树之外，最想看的就是承载着村落历史的建筑。当然，比枣树和建筑更想看的是咱村的人。因此，咱们要把泥河沟人的精气神活出来！我相信有一天咱村的每一个人都是文化人，都能把泥河沟的山山水水、每孔窑和每个院落讲清楚，若能够做到这一点的话，大讲堂就不枉为大讲堂，泥河沟也就变得越来越好了。

作为全球重要农业文化遗产地，如果老百姓总是穷着，遗产保护也就失去了意义，因为它带给人们的只有苦难。那么，怎样才能利用好这笔资源，最终实现我们都盼望的改变呢？这世间有一个事最难，就是让你接受我的想法，让我的想法移植到你的脑子里，让我们团结起来共同做一件事是最难的。你别看修桥筑堤一次投几百万元，那是容易的事情。建一座戏楼、一个生态厕所，年年攒钱我们就能建起来。但是让一个人接受一种观念，进而改变行为，这是多难的事！在关注泥河沟村两

2018 年大讲堂给村民赠书（于哲摄）

年半的时间里，我看到了乡亲们的变化。大家了解了农业遗产，也更加呵护我们的古枣园。正是村民思想上的转变，让我看到了遗产保护的希望，也对咱村的未来充满了信心。因此才愿意通过大讲堂的方式，让咱村的老百姓更多地认识自己的生活，慢慢地改善自己，重新发现自己村庄的美好。简言之，开办大讲堂就是想让今天日子过得并不如意的老百姓，能活得幸福一点，这就是我们的目标。

　　大讲堂让我们发现美之后，接下来就是要保护美、创造美，创造一种新生活。咱村的公共厕所修得漂亮，十一孔窑也有了新的改观，设计师给我们的生活增添了很多美，但是外在的东西再美，如果村里的人不美，环境再好也无济于事。大讲堂就是要让每一个生活在这里的人都美起来，要让咱村山美水美、窑洞美，戏楼也美。咱村现在需要深度开掘的是怎样让人更美。

　　美与我们同在。今天早晨，丽杰在群里发了两张照片，附上的文字说："看谁在那儿扫厕所？"我仔细辨认，原来是虎朝的太太余爱。昨天晚上与村里的妇女们讨论，连生的太太爱兰、治洲的太太玉翠都表示，别人不干我们来干，这就是奉献！余爱说她早晨喂狗，顺手就干了。就这么一个行动，温暖了多少人的心。在我们的微信群里，县委书记、北京的许多朋友都给余爱点赞，还说："咱村真有希望了！"这的确是一件小事，但是生活里有多少大事？除了生老病死，不就是天天的日常生活嘛！我们把每一个平常的日子都过得有滋有味，都能想着为别人做点事，你的生活不美才怪呢！实际上，生活里的每一件小事都是一个大家彼此传递温暖的过程。咱村的妇女们行动起来了，男士们又能为村里做些什么呢？昨天，年轻人、老年人和妇女们讨论得非常好，自己村的事自己管理，每个人都奉献，每个人都享受，这是最好的方案。我相信你们会想出更好的办法，把咱们村所有的公共设施都能保护好。

　　这次回村，我听到有些家庭发生了不幸的事情。一次争端、一次事故，都为家里带来了沉重的负担。但是我看到的事实是，父母们依旧在工地赚钱替儿子还债，依然坚强地活着给儿女看；年轻人也在努力工作，改变着重压下的生活。人生不如意事十之八九，无忧的十之一二实在难能可贵。我们的大讲堂，就是要让乡亲们在彼此合作的过程中能感受到一份生活的温暖。在我们生活困顿的时候，在我们有一肚子委屈无人倾诉的时候，还能有一个空间，有一拨人，让我们把烦恼暂时忘掉。只要我们彼此感到很温暖，老祖宗传下来的这份亲情还发挥作用，咱村就是幸福的……

在泥河沟村的一周大讲堂，让我领教了陕北冬天里的寒冷。半夜醒来，火炕的余温尚存，但摸摸自己的鼻子却是冰凉的。也许正是这份凉意，让我的头脑格外清醒，也让讲堂内外格外温暖。这里是寂寞的乡村，就像绝大部分散落在山间的村落一样，但这里从来不缺少人性之美，这也许就是村落千百年传承不止的生命密码吧！

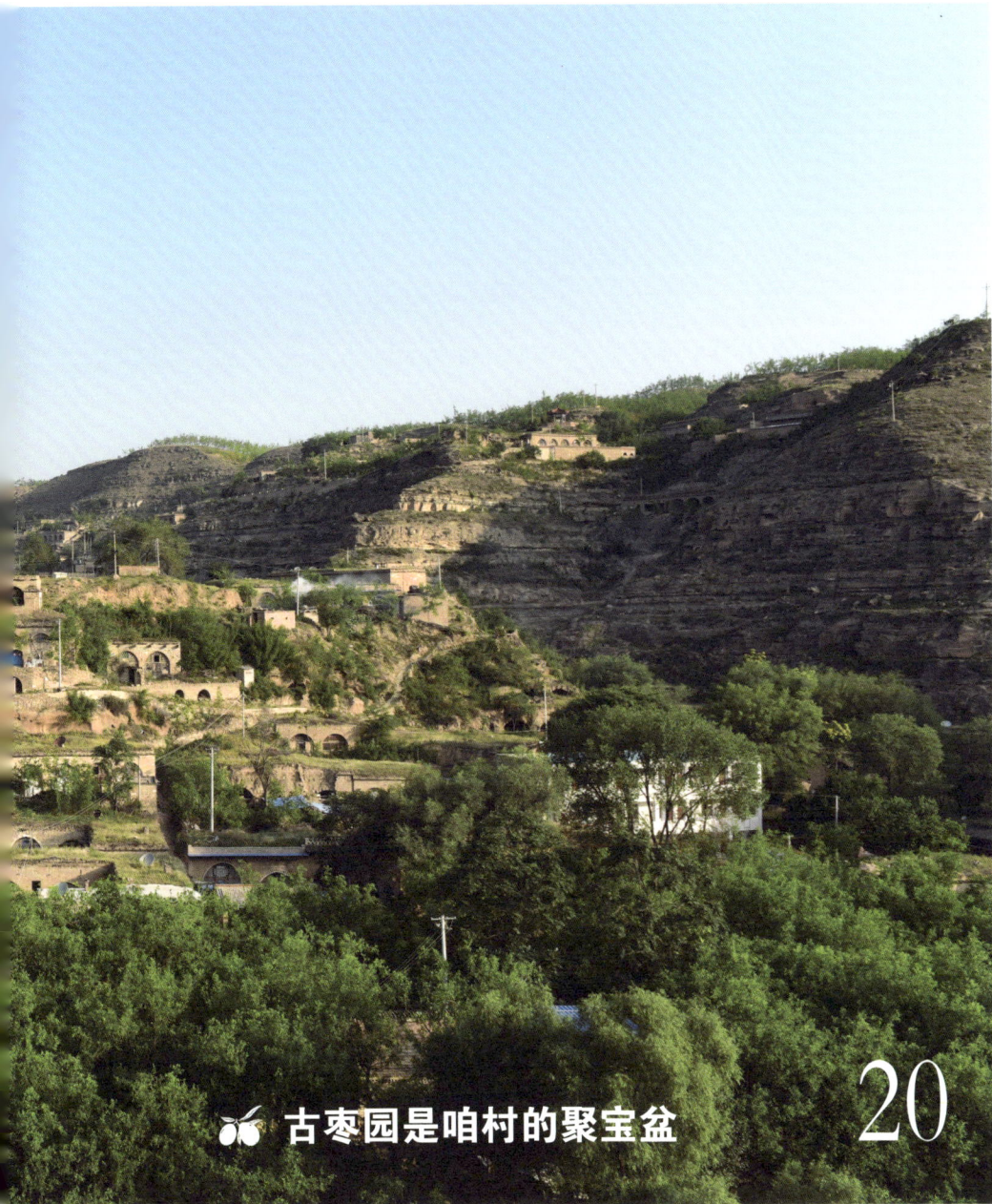

🫒 **古枣园是咱村的聚宝盆**

20

我们可以凭借农业遗产千年枣树的名声，打造一个宜美的中国传统村落，让这里成为体验陕北风情的胜地。在这里不仅有黄河畔车会沟的神奇景观，还有村子里陕北汉子和婆姨们的生活智慧……

　　泥河沟的36亩古枣园是全球重要农业文化遗产，对于村民来说，最初可能并不理解遗产的含义，但都知道这个园子是宝贝。由于村里90%的家庭在枣园里都有自己的枣树，如何实施统一管理和有效保护，一直是困扰地方政府的麻烦事儿。这里有"公"与"私"的角逐，也有"发展"与"保护"的较量。大讲堂是村民积极参与的公共空间，在这里讲他们普遍关心的问题，并让村民自己寻找解决问题的办法是最佳时机。2017年1月19日是冬季讲堂的最后一天，县委副书记杨政和镇党委书记张如晖亲临现场。他们用行动表明了政府部门的态度，也用耐心细致的话语鼓励村民要自强不息。就在大讲堂结束之际，我又以古枣园的保护为主题，反复叮咛了一个小时，希望乡亲们有所启发，引导乡亲们由小家看到全村这个大家。讲话录音整理文本如下：

　　前天我和老人们一起讨论，差不多每个人都讲，凡事一提钱就离烂包不远了。我们村真的是不给钱就干不成事吗？20世纪70年代末，全村出义务工修建了十一孔窑，解决了孩子们念书的问题。90年代，村民自愿加入到修复村庙的行列，为泥河沟祈福，为家家户户免灾。

　　咱村因为古枣园，成为全国乃至全世界关注的地方。但是这36亩的园子我们保护好了吗？你别把它看成是自己家的枣树，能不能先转变观念，把它看成是咱全村的聚宝盆。现在有好多慕名而来的观光客，他们都是为了这个聚宝盆来的。聚宝盆归谁家呀？它是咱全村人世世代代共同拥有的。既然这样，你能往聚宝盆里随便扔东西吗？你家的聚宝盆自己不去保护，而是等着别人保护，能说得过去吗？如果这么一想，我们做的所有事都是为自己做，有哪桩哪件是为别人做呢？这个观念一定要转变。

　　聚宝盆是我们村的宝贝，但怎样守护好并让它带给我们幸福呢？

我说的可不是童话故事，奇迹就会在我们这里发生。我们守在这里，就是不想看到这样的结局——全村人围着聚宝盆在那看，这个要把自己家的枣树围起来，那个要把自己名下的枣树移走。如果都是这样的姿态，这个聚宝盆迟早会成为废品。把聚宝盆里的任何一个东西拿回家，你以为是宝吗？把树挪回家它就是烂疙瘩，一文不值；把护堤的石头搬回家，它仅仅是院墙上的一块破砖头。把它们放置在枣园里，放在一起才是宝。

我希望老百姓把聚宝盆守住。聚宝盆是什么意思？在童话里，有了它，一念咒想要什么有什么。我们先呵护好聚宝盆，而后再破解祖先留给我们的咒语。那个时候，我们整天盼望的幸福生活就会如期到来了。古枣园这个聚宝盆是可以"呼风唤雨"的，我们从各地来到这里做志愿服务的团队，都是被它吸引而来的结果。如果把这宝贝呵护好了，每位村民都掌握了"念咒"的独门绝术（这里的"咒"指的是古枣园的保护方法），都成为神仙一样的人物，咱村的好日子就不远了。这聚宝盆的咒语是什么，我可不知道，但是我知道让这聚宝盆不坏的秘密，那就是让咱村的老百姓都成为一个文明的公民，成为跟世界农业遗产地的名头相符的中国农民。我知道乡亲们一直在努力，正因如此，幸福才正向我们走来！

怎样能守住这个聚宝盆？譬如，有个小偷，总惦记把盆偷走，或者总想破坏它。面对这种情况，最好的办法是让我们村从男到女、从老到小，都保持良好的精神风貌，让我们更团结、更有力量来保护，不能眼看着它从我们的身边丢掉。也许你会跟我说："孙老师，我现在这么穷，还得等着救济，哪有能力管村里的事？"果真如此的话，我就得找正生书记、找存平村主任说理了，一定是他们没有做好当家人，或者他们也有这样的认识。如果等救济，那点钱花完了也就没有

了，而我们保护好村里的宝贝，这是可以永久性利用的资源，我们孙子的孙子还可以享用老祖宗留下的遗产。

　　大讲堂的一周里，我一直在感动中度过。这么多朋友从外地赶到泥河沟，为村民而来，为咱村的发展而来，那咱村民做啥？冬季大讲堂之后，我就希望下一步能够进入到行动阶段，让我们在实实在在的行动中看到村庄的变化。刚刚听了兰孝的表态，让我感动得想流泪。为了咱泥河沟，不论是树还是地，他都可以以集体作为大前提来考虑。如果需要的话，可以把自己的地、自己的树兑出去。这句话多了不起！我们有几个人敢这样想，有几个人能做到呢！我听到这里的时候觉得我们的村民实在是了不起。你们别把我当成白求恩，别认为像兰孝这样的人是听了我的课之后才这么想，乡亲们内心里这份美好的品质不是因为我或者外人的力量才有的，我们都没有这样的本事。大讲堂的好处在于，让我们坐在一起，在拉话中把乡亲们心里美好的东西呼唤出来，仅此而已。兰孝的话之所以让我们感动，就在于她说了大实话。我活着的时候，这块地是我的，我死了之后这块地是谁的还不知道呢，为什么非得争这么一疙瘩地儿，争那么两棵树呢！这种正能量的想法特别可贵。我们把自己的小家暂时忘却，把咱们泥河沟这个大家的事提出来一起协商，让我们心底里那份美好的东西相互传递，我们大讲堂的目的就达到了，这寒冷冬日里的聚会也就功德圆满了。

　　让我们再来看一看枣园的现状。我们盯住的那棵树一年能产几个枣？又能带给我们多少收益？我前几天去武占正家，他家川地枣和山地枣总共收了一万斤。我问老人家卖了多少斤，他说一斤也没卖呢。那些枣四毛钱一斤也卖不出去，喂羊吃，羊容易上火。这是有收成的年份。如果赶上天灾，可能连三分之一也收不到。可以想象，单单靠枣，家里是生活不下去的。在这种情况下，如果换一种形式，用何颂飞老师和唐勇老师的创意，把整个枣园当成一家进行设计包装，别说这是利飞家的，那是平则家的，而是我们泥河沟的，大家共同来经营它，收益会不会更好呢？我总开玩笑地讲，古枣园里的枣树等了1000多年才为世人所知晓，我们能在1000多年后看到果满枝丫，品尝佳果，你不珍惜都说不过去呀！

古枣园值得珍惜，却又难以维持我们的生计需求，因此，我们要改变发展思路。虽然单靠卖红枣日子难以改善，但我们的聚宝盆里不仅有"救命粮"还有"摇钱树"。一方面，我们可以凭借农业遗产千年枣树的名声，打造一个宜美的中国传统村落，让这里成为体验陕北风情的胜地。在这里不仅有黄河畔车会沟的神奇景观，还有村子里陕北汉子和婆姨们的生活智慧。余爱可以先和玉翠带领全村妇女行动起来，唱起来、跳起来，锻炼好身体了，剪纸拿出来，枣糕做出来，生活美起来了。如果远方的客人来到古枣园，看到妇女们如此生活，一定会说咱陕北的女人了不得，一定会感慨枣园里的泥河沟了不得！如果在黄河边寻访昔日的渡口，武占都和武占强就会讲老艄公的故事。若是想学点手艺，子勤、林枝和利则就会展示老石匠的本事。这些都是聚宝盆里的宝啊！我们的聚宝盆里可不全是枣，除了枣之外还可以做很多事，改变生活的路子很多，就看你是否去发现、去尝试。

另一方面，我们要延长红枣产业链，让枣变成

孙悟空造型的面塑（熊悦摄）

多种产品。我们可以学习枣酒、枣醋的酿造技术，通过设计有古枣园韵味的古朴的包装，可以有效改善红枣积压的现状，卖不出去的枣就有了销售的办法，也可以呈现出我们村落的文化底色。武占正家那一万斤枣能酿出多少斤酒和醋，收益一定有增无减。2011年，我到河北阜平调研枣业发展情况，那里好多家有小酒窖，喝酒吃醋都在村里解决了。如果咱村人也有自己的小窖，把每年积压的枣转换成可以储存的系列产品，喝酒去治洲家打，吃醋去林枝家拿，熏枣到仁保家取，那该有多好。外地人到村子里观光，走时还可以带上顺手礼，咱们村不富才怪哪！

我们村这片枣林以及整个车会沟处处都是风景，远道而来的人是给咱们送钱来的，是送福气来的。每每这个时候，我都希望乡亲们想一想，人家为何而来？一定是为古枣园而来，为看我们的村子而来，天长日久，一定会专门为看我们淳朴村民而来。因此，守护村里的一草一木是我们共同的责任，我们要有这样的观念。我们的民间故事中，有好多聚宝盆的故事。一个善良的人，对着盆说想要个媳妇，一个漂亮的大姑娘就走出来了。咱们村文强、六六都告诉我，二十大几还没娶媳妇呢。如果咱村有这个聚宝盆，那这样的问题不就解决啦！

最后，我想为咱村的合作社说几句话。村里合作社的负责人是村民选出来的，对他们抱有很多的希望。但如果我们自己不为合作社出力，文耀和二喜再有本事，也难以带领我们创造财富。合作是需要大家出力的，如果从你家收点枣是烂枣，我们村的牌子就砸了，以后谁还来买咱村的枣？乡亲们，我们拿出的每一颗枣，不是小明家的，也不是小雄家的，而是咱村的。一颗枣代表着泥河沟的一张脸呀。如果在卖枣的包中塞进两斤次品，你占的便宜只有五块钱，但咱们全村的牌子就砸到了家，日后可能进账的50万元、500万元早已飞到天边去了。乡亲们一定要会算这笔账。这份信誉是聚宝盆能创造出财富的根本。说来说去，我是希望大家用行动让我们村美起来。昨天说到余爱早晨义务打扫厕所，的确很辛苦，但她说得很轻松，顺手扫两下就干净了。如果每一个人这样去扫一扫，咱村就没有任何垃圾死角了。我们把自己的村庄先装点好，就会觉得日子过得很舒服。外乡人走到这里，不仅会感到喜悦，更会对我们的村民心生敬意！

冬季大讲堂结束两个月后的3月15日至17日，我再度回到泥河沟，核心工作是与在村老人共同协商未来3年的工作计划，希望了解他们的所需，以及对村庄各项事务的看法。令我感动的是，老人们还记得我说过的话，都知道古枣园是咱村的聚宝盆。当我问及大家能为村里做点啥时，老人们都说可以像余爱那样打扫卫生、捡拾垃圾。当我问他们最需要什么的时候，得到的回答竟然是"听孙教授讲课"。当镇长苗小军追问"希望多久听一次，一年还是半年"时，回答依然是出乎意料的——每天都想听！这样的对话至今留存在我的耳畔，虽为笑谈，但老人严肃而认真的神情，让我每每想起都温暖备至、充满力量。

人家从泥河沟那里离开，隔300里、3000里，依然惦记那片千年枣树，依然能记得"枣树人家"那个有志气的小伙子，依然记得他给我端一碗饸饹面时挂在嘴角的微笑……

2018年2月3日，朱家坬镇张如晖书记、苗小军镇长和村里的年轻人武小斌专程来北京，到房山区周口店镇黄山店村隐居乡里集团开发的民宿"桃叶谷姥姥家"参观学习，希望能找到泥河沟发展的参照。地方干部能如此投注心力，我的心情自然是格外欢喜。回程之前，他们特地来到我家畅聊了一个上午，核心的话题是村庄的保护与发展。如晖书记说："你们连续3年的调研工作很重要，但村庄当下最急切的是产业发展。"我理解乡镇干部的心情，也知道老百姓对美好生活的渴望。那么如何解读遗产保护与村庄发展的关系，如何评判我们文化发掘工作的价值，对于村庄产业发展、农民增收致富，又该如何定位？这些问题是我们必须有清晰认知的。此次见面结束时才知，苗小军镇长用手机录下了我们谈话的几个片段，而今重听录音，畅聊的场景犹在。

农业遗产地在各种外部资源介入之后，依然能保持悠然的生活形态，保有乡村的本色，这不是一件容易的事情。过往的经验绝大多数是惨痛的教训。在保持经济生活改善、自然环境不被破坏的同时，还能保持老百姓心理环境的健康，这是考验地方干部有没有智慧，考验农民有没有创造力的最核心指标。

我在去年冬季泥河沟大讲堂上说，36亩古枣园就是村里的聚宝盆。我们首要的任务是守住自己的这份家业。大家都看好这笔宝贵而独特的资源，但怎么将它转化成财富呢？最忌讳的事情就是捧着金碗要饭。泥河沟村民祖祖辈辈都是这块土地养育的。这里虽然贫穷，但这里的山山水水是和每个人的生活连接在一起的。因此，要让他们觉得我的家乡不是穷山恶水，而是有风景、有财富的。如果老百姓对自身文化的自信不能被激活，所有的工作就只能是表面文章了。在这个前提下，才有文化资源的利用可言。农业遗产地的主体是农民，他们要在这里生存发展，

千年枣树（侯玉峰摄）

林间套种（熊悦摄）

他们对自身文化重新认识，社区价值才能获得充分而持久的体现。我们要利用这个聚宝盆，使它成为城乡融合的文化资源。这1100多棵枣树和看似落后的村庄，一旦被寄予了一份乡愁，树上长不长枣都不再那么重要了。我们不要别总想着一颗枣能卖多少钱，这枣园、这村庄一年四季都是风景。来泥河沟品尝1300年枣树的红枣，不过是由头。来到这里感受陕北风情、品读地域文化才是外来者的本位想法。问题的关键是如何盘活村里的资源？我们的村民用什么样的姿态迎接远方的客人？我说外地人来尝那两颗枣不重要，那重要的是啥？重要的是人家从泥河沟那里离开，隔300里、3000里，依然惦记那片千年枣树，依然能记得"枣树人家"那个有志气的小伙子，依然记得他给我端一碗饸饹面时挂在嘴角的微笑。如果泥河沟能够以这样的方式去打造，咱村就是真正的聚宝盆，就是摇钱树。

我们村子有资源，也许很多村民会说，这些枣树从我爷爷的爷爷就开始看，都看烦了，但对于外来者却是新鲜事儿。他们大老远，甚至是远渡重洋而来，就仅仅看枣树吗，枣树看两遍就不看了，但枣树后面的人家，却是最留有温情的地方。如何让老百姓的观念向这个方向迈进，这是我们一直在挖掘的资源，也是村庄永续的文化资源、观念资源、心理资源。所以，我一点也不认为我们在村里做的工作跟产业、跟改善老百姓生活、跟改变乡村面貌没有关系，而恰恰是在为此筑基。我们前期的工作越稳固，后期的建设才能越顺畅。今天有多少乡村产业一开发，项目一启动，活了一年半年，项目一撤，就没有活力了。我想要的是让每一个村民都拥有一种能力，一种建设家乡的能力。而具备能力需要的是观念的改变，改变家乡文化一无是处的想法，改变靠扶贫救济的想法，要重建自己创造生活的信心。所以，把人培养好，让村民知道有一个值得期待的愿景，知道自己是其中的一员，这就是我在村里工作的目标。

怎么让老百姓知道有一个美好的愿景，并愿意为此付出努力？每天用大喇叭去广播显然是无效的。这种力量必须是内生性的，要让他们重新发现家乡之美，让他们觉得为家乡流汗是值得的，无论是为这里的人，还是为这里的一草一木！我们从老百姓的记忆中搜集村庄的历史，在村庙和堤坝里发掘泥河沟的文化，我们透过摄影师视角，让车会沟里的动植物鲜活呈现，为那些被村民忽略的风景留下影像，让村落里那些美好的瞬间定格成永久的记忆。目的只有一个，让村民看到自己家乡的美，让他们在破败的窑洞影像里，对这片土地心生一份久违的爱恋。湾塌坡峁梁的地形地貌没有啥特别，但外乡人却驻足流连；打醮不就是祈福禳灾的仪式活动嘛，为什么在摄影师的眼里却如此华美；佛堂寺庙会原本是老百姓一种生活常态，但却是三月十二

面人（熊悦摄）

外乡人跑上百里、千里到这个地方的理由。当老百姓通过图片重新发现家乡的审美资源时，或许就有了牵引那些游子们走回来的一个契机。

我和学生为村里编写文化志，就是希望把村里有形的和无形的文化都记录下来，让村里的子孙了解祖上的过往，让外乡人有来此探访的冲动。风水宝地是卧虎湾和龙须湾，藏龙卧虎听来就神奇；昔日的码头宁河口，虽已渡无寻处，但可遥想当年，老艄公武占都、老纤夫武子勤在码头处一站，就会萌生一份怀古之幽情。我们把这些本地的资源一个一个地从记忆中挖掘出来，是希望后辈们有机会很好地利用它们。这样看来，我今天所做的工作，小而言之是搜集那些没有文字记载的村落历史，大而言之是在寻回集体记忆。当我们把这样的情感唤起之后，乡民之间在艰难岁月里的互助，那份血浓于水的情感联系，就会成为村庄凝聚的精神纽带。当我们把这些工作都铺垫好了，乡亲们再去看村里那些湾塌坡峁梁，就会发现每个地方都留着祖先的脚印，都流过他们的汗水，也就自然会心生感情啊！

有很多人觉得人文社会科学不务实，难以变成最现实的经济效益。政府让农民养羊，养好了就能换成钱。技术人员教农民管理枣树，多打50斤就能多收入100块钱，这些都是现实利益。但我们所做的工作，是深入人心、人性的工作，是培育农民生存之本，一种创造生活的情感和能力。我们搜集的文化元素就是村里的基因库，是持续、长久的，这辈人、下辈人一直管用，所以我从来不小看我的工作。尽管这些工作没有现场转换成真金白银，但是它可能发挥的价值是无法用金钱来衡量的。如果有一天，泥河沟可以成为陕北人的精神故乡，那些早已经被遗忘的故事，总能因为我们今日的工作而在不同的时代里被人忆起，我们为这个村子的未来发展打下了坚实的基础，这辈子就没白活。多年之后，人们在村里看到的是与遗产地相宜的绝美空间，我们所做的工作好像都不

乡民生活里的艺术——剪纸（熊悦摄）

复存在，但是却一定会融在泥河沟人的身体基因里，成为他们应对生活的策略与智慧。

今天，人们想到乡村的利用就会想到旅游。在泥河沟工作的这几年，我曾极力反对外来开发商的介入，因为不是时候，村里究竟有哪些可利用的资源还没有搞清楚。我们要先摸清家底，然后才有勇气谈利用，否则就是短视的盲干。咱村的山崖不错，但比这更好看的东西多着

车会沟龙须湾（侯玉峰摄）

呢。如果充分了解了这里的历史与文化，外来者对这山、这崖投入的情感就不一样了。从泥河沟到通镇的20公里背粮路，就是一笔可以利用的重要资源。沿途的沟壑山梁因为村民昔日的苦难经历，而成为记忆的风景。虽然这条路不同于井冈山的挑粮小道，但对于我们村里人却刻骨铭心。与此相关的，据我们2015年统计，全村有144个地名，这些都是资源。小孩子们要了解陕北的地形地貌，这些地方没有8天是看不完的。作为一个科普教育基地，如果孩子们在这里生活8天，走黄河滩，访车会沟，观察小动物，不仅可以为村子带来活力，也可以带来收入。8棵树的收成与孩子们在这里待8天的收入，孰重孰轻是可想而知的。

谈村庄的开发和利用我是外行，但我知道要先让老百姓认识自己家乡的独特价值。我们做的是对村庄发展有持续效应的工作。从经济援助的角度，老百姓面临的困境我们能救一时，但帮不了一世。而我们今天做的工作，是要做一世，同时还要做几世，让村民能世代享用老祖宗留下的资源，使之成为老百姓创造生活的源泉。这样看来，保护和发展哪里是冲突的，分明是一体的。

2018年6月15日至16日，佳县举办了首届枣花节暨红枣产业发展论坛。15日下午还在泥河沟村的古枣园里安排了大讲堂的环节。县委书记、县长与各地嘉宾100多人，同村民一起，听我讲述了在泥河沟村搜集村落文化的原初设计以及3年间所产生的积极效应。在接下来的3天大课堂里，在来宾、村里年轻人和老年人的回应中，我看到了源于文化感知的力量。下一步农业文化遗产应该怎样保护，遗产地应该怎样发展，这些原生性的命题依然是需要我们在实践中求解的。

田野思绪里的无奈与忧伤 22

当我背靠着窑洞仰望星空的时候，我理解了路遥。在那孤寂的日子里，面对满目萧索的环境，心底里还藏着一个很遥远但却依稀可见的希望。正是因为有了这份火辣辣的希望，所以才让这方水土养育的村民在灾害频发的岁月，在孤助无援的时候，仍然坚定活下去的勇气……

2017年1月18日，在我们冬季大讲堂落幕的前夜，佳县县委派来一位资深新闻人刘耀东，希望对我做一次专访。他惊讶于我两年半间7次65天的驻村，想知道我从北京来到陕北是因为兴趣爱好，还是想做一番事业。为兴趣而来吗？我的爱好是读书。为做一番事业吗？我更加钟情于我的讲台。既然这样，那一次次的出行又缘起哪桩呢？正如他在后续的文章中所言："隆冬时节，陕北黄河岸边沉寂而萧瑟。佳县泥河沟村迎来了一批特殊的客人。他们离开首都舒适安逸的生活，不远千里来到偏远、闭塞、落后的泥河沟。他们不辞劳苦、不求所得，扑下身子自愿开展村民教育培训、村庄文化保护、产业发展规划、社区管理建设等公益活动。因为他们的到来，这个古老而落后的小山村充满了生机和活力。"4年间，泥河沟村的确发生了我们期待的变化，但这期间与记者同样的追问却始终没有终止过。

我硕士和博士所学专业分别是民俗学和人类学，因此，对民间文化的关注、对乡土社会的倾情，也便成为我教学和科研工作的主旋律。我最初走进泥河沟，一来是被千年枣树和古老的村落所吸引，二来是希望从人文社会科学的角度，参与全球重要农业文化遗产的保护工作，希望以文化干预的方式寻找乡村复育之道。回望来路，我的乡村实践很纯粹，一种使命感不时席卷心头。2017年12月28日，我的学生以田野工作为主题对我进行访谈。一个学生问我："老师您走过那么多村庄，当您从村里回来的时候，满脑袋想的是什么？"我说："想两件事：第一件是洗澡，因为已经半个月没有洗澡了；第二件是睡觉，因为两个星期没有睡好觉了。这是多年的乡村调研经验。"后来她提醒我说："老师，法国人类学家列维-斯特劳斯在《忧郁的热带》中说，他从南美洲归来的时候，一路想的是一首乐曲，肖邦的E大调练习曲《离别》。您从乡村回来的时候难道就没有想过类似的曲目或其他？"我说："我想的是一首歌，一首我们20世纪90年代初听过的歌，叫《野百合也有春天》。"
为什么想到这首歌？因为这些生活在农村的人，包括我在陕北结识的那
么多老人，当你给他一线光亮的时候，他们的生命就会绽放。他们就像
生活在山沟沟里的野百合，每逢春天也会静静地开放，所以要尊重他们
的生命。因此回到城里，当我看到自己的生活，看到周边人的生活时，
一种莫名的悲伤就会袭入心头，我总会念起这些乡村里的"野百合"。

　　人若能转世，世间若真有轮回，我的前世一定与那方水土有太多
的情感纠葛，否则怎会如此为情所累呢！为什么这样说？因为从2014年
第一次走进泥河沟，我的心就放不下了，不仅因为这里的千年枣树和古
枣园近旁宁静的村庄，还有淳朴的村民以及他们与贫困抗争的生活！这
个地处黄河中段晋陕峡谷西岸的村落，除了五保户、病灾户和残疾户之
外，全村绝大多数家庭的生活状态相差无几。四年来，每当听到泥河沟
春旱无雨，枣花无法坐果时，每当听到打枣前雨水连绵，果实又烂成一
地时，隐隐的痛就会在我的心里自然萌生。我曾反复地追问，这里毗邻
黄河，历经无数次的灾难，枣树何以持续千年？生活困顿的村民，为何
还要祖祖辈辈守望这贫瘠的土地？在与陕北地域文化亲密接触的日子
里，我对枣树的生长特性有了更多的了解，也对村民坚忍而内敛的个性
品质、勤劳而简朴的生活习性有了新的认识。他们在艰苦的环境中生
存，却从不言放弃，始终对明天的生活报以积极的想象。

　　2015年7月13日是入伏的第一天。按照当地的习俗，村民要去"浮
河"，他们相信黄河水可以把自己身上的病痛和晦气统统洗掉。我走
进大河并在临近岸边的石头旁坐下，任凭河水从我的肩头流过，与乡亲
们共享这炎热夏日里的清凉。当我看到高曹平翻滚几下就到了黄河中间
的滩地，而后起身在滩上奔跑时，我被那一幕深深感动了。在午后的阳
光中，陕北汉子的健壮与黝黑的肤色显得格外醒目。当他从远处跑到我

的近旁，当我看到他脸上划过的憨憨而畅快的微笑时，我的眼泪一下涌了出来，悄无声息。那一刻我在想，在这个贫困的村落，红枣几近连年绝收，也许在他的生命里，唯有在黄河滩上赤身奔跑的这个瞬间，如孩童般自由，忘却了去年的收成，忘却了生活的烦恼。也是在那一刻，人和自然是和谐的，人的自由生命和这个世界是一体的。看他奔跑的那一瞬，和他对视的那刻间，我多么希望那黄河的水再柔一些，再慢一些，能够让我们村民感受轻松畅快的时间再长一些。

2016年1月13日是我们团队冬季调研离村的日子。当送我们的车驶过观音庙时，武小斌播放了一曲陕北人耳熟能详的《闹秧歌》。不知为何，多日里积压的情绪突然涌上心头，流泪的冲动演变成了眼前景致的模糊。我想到了去往朱家垯时路边的风景，想到了寂静夜晚泥河沟窑洞里温暖的灯光。黄土高原沟壑纵横的大地，虽苍茫壮美，却总是让悲凉的情绪不召自来；散布在石垯圪台上的窑洞，虽错落有致，却总是与艰难的感受齐聚心头。于我而言，这一年陕北的冬天是寒冷的，不仅因为气温的骤降，更是因为我走进了一个又一个身处困境的家庭，我听到了"生灵的叹息"，感同身受了他们生活的无奈。然而，家庭的故事并未就此终结。无论是年迈的父母，还是承受生活重压的儿女，并不依靠救济度日。他们相信自己的双手，相信看似无望的生活一定会有转机。我为他们的生计状况忧伤，更为他们豁达的胸襟惊讶，这就是平凡世界里的悲喜人生吧！

在村里的每一个夜晚我都会在窑洞外独坐，不论是冬天还是夏日。当我看那漫天星斗的时候就会想到路遥和他的《平凡的世界》。在路遥去世15周年的时候有一本纪念文集《路遥十五年祭》，作家王安忆在《黄土的儿子》一文中讲到路遥的一段往事。当冬天过后，走在满目黄土的山里，忽然峰回路转，崖上立了一枝粉红的桃花，此时本该满心欢喜为着春天的到来，但是路遥却眼里噙满泪水。当我背靠着窑洞仰望星空的时候，我理解了路遥。在那孤寂的日子里，面对满目萧索的环境，心底里还藏着一个很遥远但却依稀可见的希望。正是因为有了这份火辣辣的希望，所以才让这方水土养育的村民在灾害频发的岁月，在孤助无援的时候，仍然坚定活下去的勇气！

在泥河沟空寂的山野里，这满天的星斗总会带给我独特的心灵体验。在那里有人和自然的亲密交流，传递的是人和人之间相互依存的温暖和力量。我们每个人都是渺小的，但我们却不能停止脚步。我们不只在记录乡村的当下，更是在挽救我们的未来。2013年12月7日，钱理群先生在中国农业大学演讲时，结尾的一段话让我始终难以忘怀。他说："作为一个践行者也许我们是孤独的，但请你不要希望去影响太多的人，就从改变我们自己开始，继而改变周遭，改变社会，实现悄悄的生命变革。"我想只要我们秉持这样的理念，期待已久的记忆中的乡村就不会从我们的视野中滑落，依然会成为我们生活的一部分。我们和祖先之间通达而美妙的情愫，就会在这里永久地传递。我们畅想美丽乡村，极力抢救那些行将消逝的村落记忆，也许美丽乡村就会重现眼前。在高扬城市化的今天，我们的执拗并不是怀旧式的情感宣泄，而是这个时代里我们这一辈学者和行动研究者最为真切的使命。

夜色中的窑洞（侯玉峰摄）

窑洞与星空（计云摄）

后　记

🌰 ······

　　从2014年6月起，我的心已经与泥河沟村同行了4年。这个陕北黄河边普通的村落，因36亩古枣园而走入我的视野，因这片黄土地上村民坚忍的性格而成为我时时的牵挂。

　　这本随笔集记录了我在陕北田野工作的诸多片段，既有我对古枣园、古村落的直观认识，也有我对农业文化遗产保护的理解。虽然其中的思考尚不成熟，却如实地呈现了我意在促进生命变革的乡村行动。于我而言，田野工作既是认识乡村和重新发现乡村的重要方法，也可以培育和激发我们创造生活的情感和能力。在与村民的接触中，我们记录他们的生活，继而走进他们的内心世界。尤其是那些老人，他们的讲述总能为我们重现一个陌生的乡村，一段已经远逝的记忆。因此，我才把每一次乡村之行看作是一个找寻记忆的过程，一个重建我们和祖先对话能力的过程。如今，快节奏的现代生活已经让我们背离了乡土，但这种形式上的撤离并不意味着精神上的诀别，否则我们和自己的昨天也便失去了联系。其结果是我们无法破译祖先传递的生存密码，失去了继续前行的动力。

此时，田野工作告一段落，但田野的余音里依旧跃动着我太多的思考，对乡土社会、对民间文化、对现实人生。在过往的几年间，我深度体察着一辈又一辈泥河沟人，透过他们的生活，反观着自己的生存状态，感受着农民的命运，也畅想着乡村的未来。就此而言，田野工作是对我们生命的再一次思考。

回首与泥河沟结缘的日子，有3种变化是显著的：第一，我们抢救了那些行将消逝的村落文化，将村民记忆中的往事转换成为有据可查的历史。这是村落凝聚的情感因素，其更为深远的意义在于，为后期的社区营造做了积极有益的思想铺垫。第二，收集口述资料撰写文化志，在村民参与互动的交流过程中，不仅村落尘封的往事被唤醒，也使他们有机会重新面对自己的家乡文化，获得尊重与自信。建立在信任基础上的社区行动，在客观上培育了村民改变处境、创造生活的能力。第三，这项工作培养了一批优秀的青年学者。中国农业大学农业文化遗产研究团队先后有18位本科生、硕士生和博士生加入行列，一次次的乡村之行培养了他们对乡村生活的洞察力、对所学专业的感悟力，使他们拥有了关注乡村、服务乡村的情怀，一种年轻生命里不可或缺的精神力量。

    在这里要特别感谢侯玉峰、贾玥、计云、康宁、武雄、于哲等优秀的摄影师志愿者。他们踏遍沟壑山岭、走过酷暑严寒，以艺术家的独特眼光，全面地展现了全球重要农业文化遗产地神奇的自然景观和具有浓郁陕北风情的人文之美。在这项共同推动的事业中，除了我们年轻的学生团队，还有香港乐施会、原本营造建筑规划事务所、北京乡村文化保护与发展志愿者协会、悉溪环宇建筑空间、乐与永续工作室，都为泥河沟的发展贡献了时间和精力。每每想到身边的这些同道，一路欣赏着乡土社会里的花开花落，一起分享那么多人生的快乐与忧伤，我就觉得这世界真的很美好，这日子很值得过。这是我们热爱生活的重要依据，也是我们每个人幸福感的来源之一。我们走向民间，在平淡的日常中，拓展了心灵的维度，在改变乡村的同时，也深切地感受到了自我精神的成长。

孙庆忠

2018年立秋于北京